Becky Albertalli

TRADUÇÃO DE ANA GUADALUPE

Copyright © 2020 by Becky Albertalli
Publicado mediante acordo com o autor e BAROR INTERNATIONAL
INC., Armonk, Nova York, Estados Unidos

TÍTULO ORIGINAL
Love, Creekwood

DIAGRAMAÇÃO
Ilustrarte Design e Produção Editorial

ARTE DE CAPA
Jenna Stempel-Lobell

ILUSTRAÇÃO DE CAPA
© 2020 by Chris Bilheimer

ADAPTAÇÃO DE CAPA E LETTERING
Antonio Rhoden

CIP-BRASIL. CATALOGAÇÃO NA PUBLICAÇÃO
SINDICATO NACIONAL DOS EDITORES DE LIVROS, RJ

A289c

    Albertalli, Becky, 1982-
       Com amor, Creekwood / Becky Albertalli ; tradução Ana
Guadalupe. - 1. ed. - Rio de Janeiro : Intrínseca, 2020.
       144 p. ; 21 cm.

       Tradução de: Love, Creekwood
       ISBN 978-65-5560-027-8

    1. Ficção americana. I. Guadalupe, Ana. II. Título.

20-64477
                    CDD: 813
                    CDU: 82-3(73)

Meri Gleice Rodrigues de Souza - Bibliotecária CRB-7/6439

[2020]
Todos os direitos desta edição reservados à
EDITORA INTRÍNSECA LTDA.
Rua Marquês de São Vicente, 99, 3º andar
22451-041 – Gávea
Rio de Janeiro – RJ
Tel./Fax: (21) 3206-7400
www.intrinseca.com.br

*Para Amy Austin, aluna da Creekwood
High School e minha eterna PT.*

DE: HOURTOHOUR.NOTETONOTE@GMAIL.COM
PARA: BLUEGREEN181@GMAIL.COM
DATA: 28 DE AGOSTO ÀS 22:09
ASSUNTO: NÃO TÔ ACHANDO LEGAL

Caramba. Oi. Que coisa esquisita, né? Juro, parece que meu e-mail vai cair na sua caixa de entrada do terceiro ano. Lembra quando éramos dois trouxas completamente tapados que ficavam se falando por e-mail sentados na mesma mesa do refeitório? Sem 189,1 quilômetros entre a gente?

Cento e oitenta e nove. Vírgula um. QUEM DEIXOU ISSO ACONTECER?

Então é isso, mandar e-mail é um saco, porque eu quero ver a sua cara (e passar a mão na sua cara e cheirar a sua cara e grudar a minha cara na sua) (porque tô com saudade de você) (MUITA SAUDADE DE VOCÊ).

(Estou odiando isso.)

Não estou fazendo isso do jeito certo. Esqueci como é escrever um e-mail. Ainda mais para você. Como era mesmo?

Querido Blue. Querido Bram. Eu te amo. Sinto muita saudade de você. Queria que você estivesse aqui do meu lado nessa cama de dormitório xexelenta com um colchãozinho de dar pena, e inclusive já comi muito BISCOITO OREO mais grosso que esse colchão, mas ENFIM... Vamos tentar de novo, com um pouco mais de otimismo (eba! uhuuul!).

Oiê! Estou na faculdade! E aqui é muito legal! É tudo muito legal! Meu grupo de boas-vindas é muito legal! Que saudade da droga do meu namorado!

Que inferno.

Simon, também conhecido como Jacques, também conhecido como seu namorado arrasado que NÃO ESTÁ SABENDO LIDAR COM A SITUAÇÃO.

DE: BLUEGREEN181@GMAIL.COM

PARA: HOURTOHOUR.NOTETONOTE@GMAIL.COM

DATA: 28 DE AGOSTO ÀS 23:17

ASSUNTO: RE: NÃO TÔ ACHANDO LEGAL

Querido Jacques,

Desculpa pela demora em responder seu e-mail. Pode botar a culpa no universitário bonitinho que me chamou no FaceTime cinco minutos depois de apertar "enviar".

Ai, estou com saudade de você. Saudade demais. Eu não pensei que a ficha fosse cair tão rápido. Parece mentira que quinze horas atrás eu estava acordando ao seu lado num hotel do Aeroporto de Newark (até que é chique??), e agora estou aqui. E você está aí.

Nova York parece tão vazia sem você. É estranho pensar isso? Você só passou duas horas aqui. Mas deixou sua marca, Simon Spier. E, não, não vou contar para a sua mãe que você me trouxe aqui de carro. (Adorei que você me trouxe de carro.) (Aliás, você está *proibido* de dirigir em Manhattan pelo resto da vida. Eu quero ficar velhinho com você, por favor.)

Enfim, nada do que eu penso em escrever parece adequado agora. Que saudade de você. Eu te amo. Espero que esteja tudo bem por aí. Que legal que o seu colega de quarto é fã número um do Stephen King. Vai ser uma delícia acordar com aquele pôster gigante do Pennywise na parede. Você acha que vai conseguir dormir hoje? Acho que eu não vou. Mas não ligo de aparecer na semana de orientação da faculdade que nem um zumbi, porque a minha teoria é que ficar com cérebro de zumbi vai fazer os dias passarem mais rápido. Só preciso que 21 de setembro chegue logo. Sabe quando as pessoas riscam os dias num calendário? Eu quero um relógio para riscar cada segundo que passa.

Resumindo: que saudade da droga do meu namorado.

Com amor,
Blue

DE: LEAHNABATERIA@GMAIL.COM
PARA: SIMONIRVINSPIER@GMAIL.COM
DATA: 2 DE SETEMBRO ÀS 10:21
ASSUNTO: RE: SOBRE O QUE ESTÁVAMOS FALANDO

Tá, tenho que admitir, achei que você estivesse falando merda, mas as informações batem. Caramba, Simon... Tem uma fraternidade só para nerds na sua universidade. Isso existe de verdade. Parece até que esse lugar foi feito sob medida para você. E que descoberta incrível na semana de orientação!

 Então pelo jeito estamos trocando e-mails. Que fofura, Spier. Me conta quais são as regras. A gente ainda pode se falar por mensagem? Ou esse é só mais um passo na sua metamorfose em tiozão, e daqui a pouco você vai começar a mandar cartas escritas à mão pelo correio? Não que eu ache ruim. Inclusive, acho que eu e a Abby podíamos começar a usar esse negócio de e-mail também, porque já aceitei que o Android novo dela odeia o meu iPhone. Sério, nunca se apaixone por uma menina que não pode usar iMessage. É péssimo. A Abby é péssima (ela tá mandando oi!).

Tá, eu sou uma babaca e estou aqui reclamando do iMessage, sendo que a notícia péssima *de verdade* é que você está na Filadélfia. Tô com saudade. Não consigo nem imaginar como foram esses últimos dias para você e o Bram. Você parece... bem? Mas, sério mesmo, pode desabafar comigo a hora que quiser. E fica à vontade para me dar um soco se eu estiver insuportável de tanto falar da Abby. Já comecei a achar que mando muito mal nessa coisa de ter namorada. Que faculdade que nada, a gente devia receber orientação sobre o que fazer num relacionamento. Tem horas em que eu nem me reconheço, de tão animada que eu ando. PQP!

Enfim, tudo bem por aqui, só muita correria. Não sei por que universidades bizarras como a sua começam as aulas tão depois, mas nós já estamos fazendo as primeiras provas. Sabe o que não tem graça nenhuma? Escrever sobre poesia elisabetana com limite de tempo. Então aproveita sua liberdade, que ela dura pouco, Simon. Curte bastante essa semana de orientação maluca, vai beber cerveja amanteigada ou sei lá que merda a galera bebe aí na sua fraternidade de nerd.

Por acaso já falei que tô com saudade?

DE: LEAHNABATERIA@GMAIL.COM
PARA: ABBYSUSO710@GMAIL.COM
DATA: 9 DE SETEMBRO ÀS 11:51
ASSUNTO: ACORDA, ABBY

Não sei como você consegue, Abby Suso, mas já é quase meio-dia e você ainda não acordou. Lembra da menina bêbada naquela festa do campus que ficou brava porque não podia levar um cara para casa para os dois se pegarem porque a colega de quarto dela estava lá dormindo? Abby, você é a menina que está dormindo e não me deixa dar uns beijos. Será que eu posso registrar um boletim de ocorrência?

Mas você é tão fofa. Olha só você. Virou um montinho de coberta na cama, só tem um pedaço do cotovelo saindo pra fora.

Enfim, essa sou eu te mandando cartas de amor que nem o Simon e o Bram, porque eles são muito bregas, e acho que a gente podia ser mais brega também. Então vê se acorda logo e responde meu e-mail, tá? Nem precisa ser por escrito.

Respeitosamente,
LCB

DE: BLUEGREEN181@GMAIL.COM
PARA: HOURTOHOUR.NOTETONOTE@GMAIL.COM
DATA: 10 DE SETEMBRO ÀS 22:10
ASSUNTO: RE: NÃO TÔ ACHANDO LEGAL

Jacques,

Sabe o que tem sido muito mais duro do que eu imaginava? Não conhecermos mais as mesmas pessoas. Eu sei, é uma reclamação bem esquisita. Mas é que ter todas aquelas pessoas em comum era meio que um mundinho à parte: o Garrett e a Abby e a Leah e o Nick e todo mundo, até o Martin. E agora eu estou cercado de pessoas que você nunca viu, e você está cercado de pessoas que eu nunca vi, e sei lá, Simon. Sinto muita falta de estar no seu universo.

Tá, acabei de parar para contar quantos dias faz desde que a gente se viu pela última vez, e faz menos de duas semanas. Treze dias. Aposto que você ainda nem lavou roupa, lavou? Nossa, que saudade. Não tem um segundo em que eu não sinta a sua falta.

Quero saber todos os detalhes da sua vida, tá? Quero saber do Kellan e dessa tara que ele tem pelo Stephen King, e se você está usando chinelo durante o banho, e quem é a pessoa mais irritante de cada aula sua. Quero saber das coisas que você acha que são bobas demais para contar.

Aqui vão as minhas novidades: comi torrada com manteiga de amendoim no café da manhã. A melhor aula do dia foi de ciência política, porque tivemos uma palestra maravilhosa sobre como reconhecer notícias falsas (mas vou guardar esse papo nerd para o FaceTime, porque assim você pode tirar sarro de mim à vontade). E acho que você tinha razão sobre a Ella, aquela menina com o piercing na língua. Hoje ela reparou na minha tela de bloqueio e ficou meio sem graça, sabe? Mas acabamos tendo uma conversa divertida. Ela ficou muito curiosa sobre você ("Como ele se chama? Quando ele vai pedir transferência para cá? Por que ele está de smoking dentro de uma loja de bonecas?" UMA PERGUNTA MELHOR QUE A OUTRA).

O que mais? Ahnnn. Hoje na aula de economia aquele reaça que adora criar polêmica nos agraciou com ótimos argumentos a favor do diabo! Eu com certeza amei ficar quinze minutos a mais na aula só para absorver aquela sabedoria transformadora. Depois eu tomei banho e resolvi uma lista de exercícios e me apaixonei perdidamente pela última selfie que você postou no Instagram (desculpa, mas o seu rosto devia ser proibido por lei!). E aí comi torrada com manteiga de amendoim de novo, porque delícia mesmo é não precisar comer num refeitório enorme cheio de gente estranha.

Bom, esse foi o meu dia. Não parei de sentir sua falta nem um minuto. Como foi o seu?

Com amor,
Blue

DE: HOURTOHOUR.NOTETONOTE@GMAIL.COM
PARA: BLUEGREEN181@GMAIL.COM
DATA: 11 DE SETEMBRO À 00:07
ASSUNTO: RE: NÃO TÔ ACHANDO LEGAL

"Sinto muita falta de estar no seu universo." Oi, será que isso é um eufemismo?? E, já que tocamos no assunto, o que exatamente você quis dizer com "mais duro do que eu imaginava"????

Sinto sua falta. Pois é. A cada minuto. A cada segundo. Sério, parece que eu acordo e passo o dia inteiro sentindo sua falta. E isso meio que me assusta, sabe? Será que é normal ficar desse jeito? Por que eu achava que ia ser mais fácil? Bram, saca só: acho que eu deixei metade do meu coração aí no seu quarto.

Ah, claro, o reaça que adora criar polêmica. Que beleza. Já te contei do reaça que está na minha turma de psicologia? Primeira fila, franja cheia de gel, defendendo com unhas e dentes o experimento da prisão de Stanford no terceiro dia de aula. Não vou mentir, já comecei a desconfiar que eles plantam um cara desses em todas as aulas básicas para fazer algum experimento social. Ou talvez... talvez a PRÓPRIA FACULDADE seja o experimento social, e nós sejamos as cobaias. *alguém dá play na música dramática* *close do meu queixo caído*

Tá. Meu dia. Vejamos... O Kellan acordou às cinco e meia da manhã e resolveu colocar uma capa do Pennywise no interruptor de luz usando uma chave de fenda, e fez o *maior barulho*. B., eu tô achando que a questão não é o Stephen King. Acho que ele gosta é do Pennywise. Talvez de palhaços em geral. Mas enfim... O meu dia foi bem parecido com o seu. Aula, banho etc. Sem comentários sobre o tema "chinelo no banho". Mas, ao contrário de você, não tem nenhuma menina apaixonada por mim (EU AVISEI, BRAM. EU AVISEI). Acho que talvez as pessoas já meio que sacaram que eu sou gay? Será que é por causa do meu cadarço com as cores do arco-íris? Ou será que é porque não consigo passar cinco minutos sem falar do meu namorado? Tanto faz, tô adorando essa novidade.

Respondendo às perguntas maravilhosas da Ella:

1. Meu nome: Sua Alteza Real Simon Irvin Apaixonado e Saudoso-do-Bram Spier Primeiro, da Casa Oreo.
2. NEM BRINCA.
3. Garrett Laughlin.

Agora vai comer comida de verdade, tá? Eu te amo demais para não te avisar que queijo-quente de refeitório é imperdível.

Atenciosamente,
S.A.R. Simon IASB Spier Primeiro

DE: ABBYSUSO710@GMAIL.COM
PARA: LEAHNABATERIA@GMAIL.COM
DATA: 20 DE SETEMBRO À 00:17
ASSUNTO: FELIZ

Adivinha só... Hoje é seu aniversário!!! Sei que é estranho te mandar um e-mail quando você está dormindo a menos de um metro da minha mesa neste exato momento, mas presta atenção, sardentinha. Eu tenho que te falar uma coisa, e acho que não ia conseguir com você olhando pra mim com seu olhar de "quero cama" (não adianta negar. Acha que eu não conheço o seu olhar de sono? *Eu durmo no mesmo quarto que você*).

É o seguinte: eu sei que palavras de quatro letras começadas com A te assustam (e isso é BEM louco considerando que você namora uma menina cujo nome é justamente uma palavra de quatro letras começada com A). Mas a verdade é que eu não preciso que você me faça nenhuma declaração, porque tudo que você sente está escrito na sua testa. Fato. Você vem com legenda, e nem sabe.

Desculpa te dar essa notícia, Leah Burke, mas você me ama.

Não consigo parar de pensar no jogo do sábado passado. Juro, abri um sorriso de orelha a orelha só de lembrar da minha namorada baterista nerd digitando no celular por duas horas, sem prestar atenção nem nos touchdowns. Pensei que fosse impossível alguém escrever um artigo de sociologia inteiro no app de notas *durante um jogo de futebol americano da liga universitária*. Mas você não é qualquer pessoa, você é você.

Você, com a sua camiseta da semana de boas-vindas da Creekwood com a gola cortada. Eu, fascinada com as sardas no seu ombro. Tantos mistérios reunidos numa só garota. Tipo o fato de a Leah "dane-se a semana de boas-vindas" Burke ter arranjado uma camiseta oficial do evento, por exemplo. Ou o fato de você ter usado a camiseta no dia em que o time da Universidade da Geórgia ia jogar em casa. Não sei se você reparou nas *dezenas de milhares de pessoas* usando vermelho nas arquibancadas. Mas adorei que você nem ligou, não ficou nem um pouco incomodada (isso vindo de uma menina que revisa pelo menos duas vezes a legenda de todos os posts do Instagram). Você, Leah Burke, é uma enciclopédia de contradições.

(Tipo isso de não admitir que me ama! E mesmo assim me mandar cartas de amor por e-mail!)

Tá, aniversariante do dia, aqui vai a minha carta de amor: eu tô completamente apaixonada por você, Leah. E se algum dia você quiser testar em mim uma daquelas palavras de quatro letras começadas com A, aquelas que dão medo, prometo que vou retribuir.

Beijinhos,
Abby

DE: SIMONIRVINSPIER@GMAIL.COM
PARA: LEAHNABATERIA@GMAIL.COM
DATA: 20 DE SETEMBRO ÀS 15:13
ASSUNTO: VOCÊ NASCEU!!!

OI, LEAH, HOJE É O SEU ANIVERSÁRIO!!!!! Então estou enviando esse e-mail de aniversário, que não deve ser confundido com as mensagens de texto de aniversário nem com a mensagem de voz de aniversário que eu com certeza vou te mandar às 20:09 (já tem um alarme programado no meu celular). Enfim, espero que neste momento você esteja dando uma volta por aí, aproveitando essa tarde abençoada como uma pessoa de dezenove anos. Nossa, é tão estranho não te ver no seu aniversário. Quero saber de tudo. Como andam as suas aulas? Como vai a sociologia? Como estão as coisas com a Abby? Você falou com o Nick? Ele disse que ia te ligar cedinho, porque a Taylor quer ir ver a orquestra sinfônica de Boston. Parece que ela acha que vai ser igual a um show do Shawn Mendes, porque está insistindo que eles precisam chegar lá duas horas antes do horário "só por precaução". E o Nick tá tipo "beleza, tudo para deixar a namorada feliz". Leah, eu fiquei chocado. NAMORADA?? Você sabia dessa? Eu com certeza não fiquei sabendo. Sério. O nosso Nick, namorando sério com ninguém menos que Taylor Metternich. QUEM DIRIA?

Eeeeee por falar em jogar merda no ventilador (desculpa, percebi que meu e-mail é tipo 90% fofoca, mas é que eu esqueci de te contar essas preciosidades), você ouviu falar do Garrett e da Morgan? Não posso dar certeza, já que essa informação chegou a mim pelo Nick, mas parece que a Morgan esteve no Georgia Tech no fim de semana passado. A Morgan Hirsch no Instituto de Tecnologia da Geórgia??? Só existe uma explicação para isso, e ela começa com "p" e rima com "negação". É óbvio que o Garrett negou tudo, mas o Bram está correndo atrás de mais informações, então fica ligada!

Enfim, que saudade da sua cara e da sua voz, e como eu queria que você estivesse aqui comigo na Haverford, desenhando na margem de todos os meus cadernos. Espero que seu aniversário esteja sendo inesquecível. Te amo tanto, minha Leah linda, e fico muito feliz por você ter nascido.

Com amor,
Simon

DE: BLUEGREEN181@GMAIL.COM
PARA: HOURTOHOUR.NOTETONOTE@GMAIL.COM
DATA: 23 DE SETEMBRO ÀS 16:14
ASSUNTO: ADIVINHA O TAMANHO DA MINHA SAUDADE

Querido Jacques,

    Eu odeio tudo. Odeio todos os quadrados brancos do meu calendário, todos mesmo, sem exceção. Duvido que você já tenha passado de Newark, mas o pior é que tanto faz: você poderia muito bem estar quase chegando em Marte, porque só vou poder te beijar de novo daqui a doze longos dias.
    Será que a gente pode voltar no tempo, para sexta à tarde? Toda hora eu rolo a nossa conversa até a sua mensagem avisando que *finalmente* ia chegar na Penn Station (olha, não quero fazer drama, mas eu já estava começando a desconfiar que o seu trem vinha sendo puxado por uma mula idosa). Mas aí você desceu na estação com a sua calça de

moletom da Haverford e uma cara de quem estava em choque por pisar em Manhattan.

Simon, não sei se você reparou na *placa gigante em forma de donut de Oreo* que fica na frente da Krispy Kreme, mas você passou correndo por ela e veio direto me abraçar (melhor declaração de amor que já me fizeram na vida, sério). E aí eu segurei o seu rosto e te beijei no meio da Penn Station, porque pelo jeito beijar em público é uma coisa que eu comecei a fazer. Me conta o seu segredo, Simon Spier? Por acaso a sua mãe passou açúcar em você?

Enfim, agora estou sentado aqui com o meu notebook, tentando encontrar as palavras para explicar como foi ter você aqui de novo. Eu... não sei nem por onde começar. Tipo, fico pensando no Garrett e no fato de fazer um mês que a gente se viu. E é uma merda, não pense que não, mas é tipo passar um mês sem comer waffles, sabe? Mas não ver você até suas férias de outono? Isso é tipo ficar doze dias sem beber água.

E agora eu estou com mais saudade ainda, porque você está em todos os cantos do meu quarto. Nos pacotes de Oreo no lixo, na letra de música no meu quadro branco. Até nesse notebook. Como é que eu vou usar esse computador para fazer os trabalhos da faculdade se só consigo sentir saudade de assistir àquela sua lista ridícula dos trinta melhores vídeos de truques caseiros no YouTube? (Só para constar: eu NÃO tenho saudade daqueles vídeos ridículos. Só tenho saudade de você apoiando a cabeça no meu ombro enquanto a gente *assistia* àqueles vídeos ridículos).

Isso sem falar na minha cama. Como eu vou voltar a dormir nela sem ficar pensando que a gente quase não dormia?

Com amor,
Blue

DE: HOURTOHOUR.NOTETONOTE@GMAIL.COM
PARA: BLUEGREEN181@GMAIL.COM
DATA: 23 DE SETEMBRO ÀS 20:19
ASSUNTO: APOSTO QUE EU SINTO MAIS SAUDADE

Abraham. Romeu. Greenfeld. Espera só um pouquinho, que eu vou ali e já volto. (Não é para isso que você tá pensando. Mente poluída. Só preciso tomar um pouco de ar. Sei lá.) Mas vem cá... ISSO que você mandou foi uma carta de amor. Bram, eu tô *vermelho*. Estou revivendo o terceiro ano todo de novo. Parece que o meu namorado virtual secreto acabou de dizer que me imagina pensando em sexo (LEMBRA DISSO, BLUE?).

Juro, todo mundo acha que você é o maior santinho, mas é só você entrar no Gmail e PÁ. Lá vem a indireta. Lá vem a bomba sensual. "A gente quase não dormia"?? Tipo, tá, não é nenhuma mentira, mas CARAMBA. E o melhor é que você tinha todo aquele roteiro gastronômico planejado, queria visitar o restaurante do Dinosaur Bar-B-Que e a sorveteria hipster. E deve mesmo ser muito bom (quem não gosta de comer dinossauro?). Mas comer torrada com manteiga de amendoim e não sair do seu quarto também foi uma delícia. ☺

ALGUMAS OBSERVAÇÕES IMPORTANTES. Primeiro: "Eu sempre quis esbarrar em alguém como você". Isso não é uma letra de música, mocinho. É um trecho de livro (quer dizer que existe um livro no mundo que você ainda não leu??). Segundo, "ridículos"?? Você está me dizendo que *não precisa* de um vaso de suculenta feito com uma cabeça de boneca pintada com tinta spray?

Nossa, eu sou um lixo. Tô aqui falando sem parar sobre dinossauros e vídeos de artesanato no YouTube, quando na verdade o que eu quero é escrever que estou com saudade de você. Porque MEU DEUS DO CÉU, QUE SAUDADE QUE EU SINTO DE VOCÊ. Sabe, eu achei que estivesse tudo tranquilo quando entrei no trem. Mas aí você me mandou a nossa selfie no Shake Shack e pronto. Aquela foto. Ela é *tão* a nossa cara. Eu parecendo que ia explodir de tanto rir, você com aqueles olhões de anime de quando está bebendo alguma coisa com canudo. Bram, aquela foto me destruiu. Tipo, do nada caiu a ficha de que aquele momento tinha ACABADO. E a gente nunca, nunca ia viver aquilo de novo. (Meu Deus, mesmo agora, escrevendo isso, eu sei que é meio estranho e que tô exagerando. Olha eu aqui, tendo uma crise existencial por causa de uma ida rápida ao Shake Shack.)

Mas eu fiquei pensando no ano passado, e no ano retrasado, e em como estar perto de você era uma coisa corriqueira que eu não valorizei como deveria. E a gente não pode voltar no tempo. A gente não pode voltar para o ensino médio. E eu já sabia disso racionalmente, mas acho que ainda não tinha processado tudo isso até agora. Mas estar num trem, indo pra longe de você, fez a minha ficha cair.

E agora eu estou de volta no meu quarto, com o Kellan e um amigo dele que se chama Grover (tipo, SÉRIO) e toca violão e canta, e neste momento ele está tocando "Hey There Delilah" pela vigésima vez. Acho que ele está tentando dar aula de violão para si mesmo. Talvez eu devesse estar irritado, mas só estou exausto. E agora essa música vai grudar na minha cabeça, Bram, e não sei se você sabe a letra, mas tipo... encaixa demais no que a gente tá vivendo. Então agora me deu vontade de chorar de novo, mas não quero chorar na frente de uns caras héteros aleatórios. Acho que eu não sirvo para essa coisa de dividir quarto. Tipo, queria saber quem achou que era uma boa ideia enfiar um cara qualquer no meu quarto e deixar ele *morar* comigo.

Mas pode escrever o que eu tô dizendo, Greenfeld: a gente vai se livrar do Kellan nas férias de outono. Eu vou dar um jeito, ou não me chamo Simon.

Mais doze dias. Caramba, que saudade de você. Eu te amo. Tipo, eu te amo tanto que chega a ser absurdo.

Com amor,
Simon

DE: ABBYSUSO710@GMAIL.COM
PARA: SIMONIRVINSPIER@GMAIL.COM
DATA: 30 DE SETEMBRO ÀS 23:21
ASSUNTO: RE: UMA PERGUNTA

Posso falar? Essa é a pergunta mais bizarra que você já me fez na vida (E EU AMEI). Então deixa eu ver se entendi direito: você quer que o seu colega de quarto viaje mais cedo para as férias de outono. E, para isso, você precisa que eu (eu!) faça uma lista de (nas suas palavras exatas) "passeios palhaçais em Washington D.C."? BELEZA, ENTÃO.

Em primeiro lugar, Simon, será que a palavra "palhaçal" existe? Se existir, acho que a gente acabou de descobrir um forte candidato ao prêmio de Adjetivo Mais Bizarro (perdeu por pouco, "macambúzio"!). Mas, sério, como assim? Palhaçal? É uma metáfora? Estamos falando de senadores republicanos, algo nessa linha? Ou você se refere a palhaços *de verdade*? E se for isso, PQP?? Você odeia o seu colega de quarto, é isso? Eu tenho MUITAS DÚVIDAS.

Mas claro! Vai ser um prazer perguntar para a Molly e a Cassie se elas já ouviram falar de alguma coisa... palhaçal. Mas agora as duas estão na Universidade de Maryland, que fica fora da cidade. Tudo bem, ou precisa ser em Washington mesmo? (Mas, sério, eu tô LOUCA pra saber o que esse menino fez pra merecer isso.) Enfim, vou mandar mensagem para a M. e para a C. já, já, e logo te conto o que elas disseram!

E aí, além de conspirar contra o seu colega de quarto, o que você tem feito? Como foi em Nova York? Aliás, eu e a Leah falamos com o Nick hoje de manhã. Dá pra acreditar?? Ele queria saber se vamos voltar pra casa nesse fim de semana (e a gente vai, por sinal, caso você esteja pensando em talveeeez vir mais cedo?).

Mas enfim, o Nick contou que falou com o Bram, e pelo que ele entendeu vocês dois estão tendo problemas com essa coisa de namorar a distância, acho? Não quero me intrometer na vida de vocês, de verdade,.mas queria saber se você está bem. Você sempre parece tão animado comigo, e isso é ótimo, sério. Muito legal mesmo. Mas espero que saiba que pode contar comigo se um dia quiser conversar sobre essa coisas difíceis. E com a Leah também. Nós duas te amamos tanto, Si. Muito, muito.

(E, falando de coisa boa, avisa para o Bram que mandei parabéns pelo jogo!!)

Enfim, me escreve logo para eu poder começar a minha jornada pelo mundo palhaçal!! MUITA SAUDADE!!!

Beijos,
Abby

DE: SIMONIRVINSPIER@GMAIL.COM
PARA: ABBYSUSO710@GMAIL.COM
DATA: 1º DE OUTUBRO ÀS 10:16
ASSUNTO: RE: UMA PERGUNTA

Atrações palhaçais existem com toda a certeza!! Estou pensando em circos, parques de diversão, museus de palhaços (acho que isso existe. Será?). Enfim, ÓTIMA pergunta, mas não, não é uma metáfora. E tudo bem se for na região de Washington D.C. Acho que os pais do Kellan também moram nos arredores, pensando bem. E, por sinal, eu não odeio o Kellan!! Mas ele está falando que vai passar a primeira parte das férias no campus, e eu preciso que ele DÊ NO PÉ e vá para casa mais cedo ficar com os palhaços. Ele *adora* palhaços. Muito mesmo. (Enfim, agradeça a Molly e a Cassie por mim!)

Então, eu e o Bram.

Antes de mais nada, Abby, você não está se intrometendo! Desculpa se eu não fui mais aberto sobre essas coisas. É que ainda acho tudo muito estranho. Eu não esperava que fosse tão difícil. Talvez eu tenha sido muito ingênuo?

Mas a questão é que tantos casais fazem isso! É tão comum! E, se você for parar pra pensar, a viagem de Nova York para a Filadélfia é tipo *nada*. A gente deu muita sorte. Eu vi o Bram na semana passada, e na sexta vou vê-lo de novo, e, Abby, eu não sei por que isso é tão insuportável, mas eu sinto muita saudade dele.

Enfim, te amo, e muito obrigado, e manda um abraço pra Leah, tá? Vocês já devem estar abraçadas NESTE EXATO MOMENTO, né ("abraçar" é eufemismo? Eu não sei, vocês que me dizem!)?

Também sinto sua falta, Abby Suso. ♥

Com amor,
Simon

DE: LEAHNABATERIA@GMAIL.COM
PARA: ABBYSUSO710@GMAIL.COM
DATA: 7 DE OUTUBRO À 1:12
ASSUNTO: RE: BIZARRO, NÉ?

É *muito* bizarro. Desgrudo do celular toda hora pensando que você vai estar aqui, mas não. São só milhões de mangás. Você está tão longe. Tô odiando disso. E percebo que a saudade me faz ficar insuportável. Oh, não! Vou ter que dormir três noites sem a minha namorada. Cadê o solo de sax?

Mas me desculpa por ter demorado tanto para responder direito seu e-mail. *Alguém* queria ver *Mamma Mia!* de novo (na verdade eram dois alguéns, porque pelo jeito o Wells sabe cantar "Dancing Queen" inteirinha. Quem diria?). E você vai se ver comigo, Abby Suso, porque eu NUNCA choro vendo esse filme. Por que *Mamma Mia!* tem me deixado assim?? O que você fez comigo???

Enfim, amanhã vai ser um dia intenso. Tem certeza de que não quer que a gente leve uma sobremesa, pelo menos? Acho que a minha mãe está com medo de os seus pais odiarem ela. Tipo, ela não para de falar que está muito animada, mas fica com um olhar meio vidrado quando diz isso. Só pra te avisar: ela perde qualquer tipo de filtro quando fica nervosa, mas eu estarei a postos para interceder se for necessário. E, claro, ela e o Wells já receberam todo o relatório do que seus pais sabem ou não. (Preciso dizer que meio que amo que seus pais saibam que eu sou sua namorada. Eles só não sabem que eu sou sua *colega de quarto*. E vamos fazer de tudo para que continue assim.)

Então até logo. E por enquanto eu vou ficar aqui deitada na cama em que eu dormia quando era pequena, dedicando minha existência a uma certa palavra de quatro letras começada com A. (Azia. A palavra é "azia".) (Entre outras.)

Sinto sua falta, Suso.

Cordialmente,
LCB

DE: ABBYSUSO710@GMAIL.COM
PARA: LEAHNABATERIA@GMAIL.COM
DATA: 7 DE OUTUBRO ÀS 21:34
ASSUNTO: RE: BIZARRO, NÉ?

Feliz última noite sem mim!!!!!! Mas, sério, você devia estar aproveitando essa oportunidade. Já pensou em se soltar e fazer tudo que você não pode fazer comigo? Tipo ver um filme com legenda? Ler um monte de livros usando marcador de páginas? Sinceramente, nem sei o que você faria sem mim. Então acho melhor a gente deixar essa ideia de "se soltar" pra lá e passar a noite toda conversando por mensagem.

Correu tudo bem no jantar, você não achou? Tô sentindo que a minha mãe quer adotar a sua (e acho que ela pensa que a sua mãe tem, tipo, vinte e cinco anos, o que é um cálculo bem curioso!). Peço mil desculpas pelo papo da igreja, Leah. Eu juro que ela não está tentando criar polêmica. Minha mãe nem é tão religiosa assim. Ela só quer exibir você para os amigos da igreja (é até meio fofo, ela já contou sobre a gente pra todos eles, e tenho quase certeza de que chegou a cortar o Garrett de todas as fotos do nosso baile de formatura. Ops! Foi mal, Garrett).

Mas não deu merda *por muito pouco* quando meu pai perguntou sobre a sua colega de quarto. Cara, você e a sua mãe têm personalidades tão opostas que chega a ser engraçado. Ela ficou sentada com os olhos arregalados, com uma cara de quem tinha acabado de comer um vidro inteiro de molho de pimenta. Mas você? Você só deu de ombros e disse, com o ar mais natural do mundo: "Ah, ela é legal. Estamos fazendo um trabalho de anatomia juntas." Nem olhou para mim. Você é muito malandra, Leah Burke. VOCÊ NEM TEM AULA DE ANATOMIA. (Fora que você me fez sentir coisas que eu definitivamente NÃO

deveria sentir durante um jantar com os meus pais, valeu
mesmo, tá, sua idiota?)

Me escreve quando você acordar. ♥

Beijos,
Abby

DE: BLUEGREEN181@GMAIL.COM
PARA: HOURTOHOUR.NOTETONOTE@GMAIL.COM
DATA: 7 DE OUTUBRO ÀS 22:11
ASSUNTO: RE: APOSTO QUE EU SINTO MAIS SAUDADE

Querido Jacques,

Cheguei em casa. E estou olhando para a tela há uns vinte minutos, tentando pensar em alguma coisa animada para dizer. Mas não estou conseguindo. Tá ficando cada vez mais difícil. Não acredito que eu acordei hoje de manhã com a sua cabeça encostada no meu pescoço, sua mão no meu peito. Simon, eu não consigo nem descrever como o meu quarto parece vazio. Quero voltar para a Filadélfia, ficar olhando aquelas árvores do lago dos patos e te beijar atrás da Drinker House, porque pelo jeito ela existe mesmo (e só pra constar: se beijar você é o meu castigo, estou mais do que disposto a perder todas as apostas que fizermos).

Enfim... Eu sei que você está tentando dormir cedo hoje (e deve estar falhando miseravelmente. Não sei como alguém consegue dormir antes de um voo que sai às seis da manhã). O Kellan já viajou? Sabia que eu adorei ter conhecido o Kellan? Gostei dele! Ele é uma figuraça, realmente, mas achei fofo. Tipo, dá pra ver que ele acredita mesmo em fantasmas, e não consegui entender direito o lance com os palhaços. Mas ele está vivendo a verdade dele, e eu respeito isso. E também foi muito legal da parte dele passar o fim de semana no quarto do Grover. ☺

E aí, é estranho saber que amanhã você vai estar em casa? Aposto que seus pais vão acabar com o estoque de Oreo do supermercado. Achei muito louco eles conseguirem esconder tudo da Nora. Quem diria que seu pai leva jeito para isso? Estou louca para saber da reação dela quando vir você. E fala para ela que eu desejei feliz aniversário, tá? Tô achando péssimo não poder voltar com você. Ainda não acredito que você vai ter uma semana inteira de folga enquanto eu estou preso aqui (com dois trabalhos para entregar na sexta, ainda por cima). Mas parece que vou num *escape room* com a Ella e uma amiga, a Miriam, no sábado (ela jura que é legal, e disse que acha que eu vou me sair bem. Vamos descobrir!). E depois tenho um jogo no domingo.

Simon, me desculpa por não ter te contado sobre o futebol. E me desculpa por ter explicado a situação com tanta dificuldade. E nem sei por que foi tão difícil. Acho que, por mais estranho que pareça, eu estava envergonhado por fazer parte de uma liga estudantil, e não do time da faculdade. É ridículo, eu sei, por muitos motivos, começando pelo fato de você ser literalmente a última pessoa que me julgaria por isso (Simon, eu nem sei se você *sabe* o que é uma liga estudantil). Mas mesmo assim eu fiquei constrangido, como se eu não fosse mais o cara esportista por quem você se apaixonou. E ainda tinha o fator logístico, com essa questão de a maioria dos jogos ser no domingo. Eu não queria que você sentisse que tínhamos que planejar todas as nossas viagens de acordo com os meus jogos (meu time sabe que vou precisar perder alguns, e todo mundo entendeu, eu juro).

E, Simon, acho que o pior de tudo é que na verdade estou adorando jogar, muito mesmo. E eu me sinto um namorado horrível por isso. Não sei nem se isso faz sentido. Mas parece que, se eu estiver feliz aqui, significa que estou pouco me lixando para a nossa relação. Eu sei que não tem lógica, e JURO que isso não tem nada a ver com qualquer coisa que você tenha feito ou dito. É só o meu cérebro travando, dando tela de erro, como sempre. Acho que não te contei sobre o primeiro ano depois que nós nos mudamos, mas foi bem parecido. Eu estava numa escola nova, numa cidade nova, e a cada momento minimamente bom eu sentia que estava traindo minha vida antiga.

Só não quero que você pense que sinto menos saudade de você, tá? O futebol é um ótimo passatempo, mas você é o amor da minha vida.

Com amor,
Blue

DE: HOURTOHOUR.NOTETONOTE@GMAIL.COM

PARA: BLUEGREEN181@GMAIL.COM

DATA: 8 DE OUTUBRO ÀS 12:10

ASSUNTO: O ESPORTISTA POR QUEM EU ME APAIXONEI

Então, fiquei pensando no seu e-mail a manhã inteira. Meu Deus. Eu nem sei o que dizer. Tô arrasado, Bram. Me desculpa, sério. Você encontrou uma coisa boa, e eu fiz você achar que não podia me contar. Eu sou o pior namorado do mundo. Vou falar com todas as letras: eu quero que você seja feliz. E se isso acontecer em Nova York ou na Nova Zelândia ou na Antártida ou em Júpiter, tudo bem. Bram, eu estou feliz que você esteja jogando futebol. Estou feliz que você esteja gostando. Estou feliz que você esteja feliz. Eu te amo, tá? E é isso. É só isso mesmo.

Então pode me contar tudo. Quero saber dos seus colegas do time, e se você usa aquelas meias bonitinhas que vão até o joelho, e se você vai ganhar um troféu com um homem de ouro virado de cabeça para baixo chutando uma bola. Quero saber se é diferente de quando você jogava na Creekwood. Ah, só pra constar, eu SEI MUITO BEM o que é "liga estudantil", muito obrigado. Sabia que eu joguei basquete na liga estudantil por seis meses no ensino fundamental? CHEGAMOS ATÉ A GANHAR UM JOGO (tá, tecnicamente o outro time foi penalizado, mas contou como VITÓRIA).

E, por falar nisso, cheguei em casa! Mas chegar até aqui foi um processo bem chato. Não sei por que eu escolhi um voo que pousava em Atlanta, bem na hora mais movimentada da manhã (tá, eu sei por quê, porque era barato, mas MINHA NOSSA, que caos). Fora isso, meu pai faltou ao trabalho de manhã para ir me buscar, e íamos passar no Varsity para comprar milk-shake de laranja. Mas o Varsity ainda não estava aberto, porque, ao que tudo indica, Simon e Jack Spier são os únicos trouxas que querem tomar milk-shake quando o dia ainda nem amanheceu. Mas a Nora ainda está na escola, claro. Talvez eu me esconda no quarto dela com o Bieber e pule da cama quando ela entrar, sei lá. Achou essa ideia bizarra, genial, ou ambas as alternativas?

Enfim... Aproveita essa semana, esportista. Vai jogar uma bola, sai com a Ella, pega o metrô para o Brooklyn. Apaixone-se por New York. (E, pelo amor de Deus, coma alguma coisa no refeitório! Você é atleta, tem que comer comida de verdade!)

Te amo mais do que tudo, tá?

Com amor,
Simon

DE: SIMONIRVINSPIER@GMAIL.COM
PARA: LEAHNABATERIA@GMAIL.COM
DATA: 14 DE OUTUBRO ÀS 16:55
ASSUNTO: DE VOLTA À FILADÉLFIA!!

Oi! Só pra te avisar que deu tudo certo (e me desculpa pelas mensagens desesperadas). Olha, foi por muito pouco. Não sei nem como me deixaram embarcar. Fui humilhado no avião, com todos os passageiros claramente torcendo para eu não pegar a poltrona livre do lado, porque eles já estavam se sentindo donos do assento. Mas eu cheguei, e até que é legal estar de volta no meu quarto. Até ver o Kellan é bom. Ele é engraçado, acabou de me perguntar como foi minha viagem para Shady Creek, como se fosse uma cidade normal de que todo mundo já ouviu falar. Fofo ele ter lembrado disso, não?

Foi tão, tão incrível ver vocês! Queria poder ter ficado aí o fim de semana inteiro. Eu nunca tinha saído para andar sem rumo por Athens, e agora estou morrendo de inveja de você, porque é a cidade mais incrível do mundo. Tipo aquela loja de discos com aquelas capas de álbuns na parede e os pôsteres antigos do R.E.M. Leah, eu poderia me trancar naquela loja e ser feliz pelo resto da minha vida.

E obrigada por me deixar desabafar sobre aquela questão com o Bram. Eu sei que vai ficar tudo bem. Já está tudo bem. É que eu me senti mal por fazer o Bram achar que tinha que odiar Nova York para provar que sente saudade de mim. Eu não quero que ele fique triste só porque eu estou triste.

Tipo, eu não odeio morar aqui, não é isso. É que tudo parece desbotado sem ele. É difícil de explicar. Às vezes eu fico feliz, mas tem um limite. Sem o Bram, eu fico no máximo 75% bem. E, Leah, eu morro de medo de não aguentar quatro anos assim. Talvez eu tenha feito a escolha errada. Tipo, eu adoro essa faculdade. É o lugar mais lindo que eu já vi na vida. E eu gosto do meu grupinho e tal. Mas ao mesmo tempo não me sinto próximo de ninguém ali. E não precisa ser gênio para saber por quê. Eu não estou completamente presente. Estou com um pé aqui e outro em Nova York.

Desculpa, sei que falei muita coisa. Não precisa responder, tá? Só estou *amorrecido* (minha nova palavra preferida que a Nora inventou. Acredita que a nossa menina só descobriu hoje que o certo é "aborrecido"? Eu me preocupo com as escolas públicas da Geórgia, de verdade). Enfim, boa sorte na sua prova de sociologia. Você vai arrasar no cacete dessa prova de merda, porque você é você e porque você é tão obcecada por essa disciplina que chega a ser fofo.

Sinto sua falta, Leah.

Com amor,
Simon

DE: LEAHNABATERIA@GMAIL.COM
PARA: SIMONIRVINSPIER@GMAIL.COM
DATA: 16 DE OUTUBRO ÀS 10:01
ASSUNTO: RE: DE VOLTA À FILADÉLFIA!!

Tá, mas o que é mais fofo ainda é você sentado na sua caminha no dormitório digitando "no cacete dessa prova de merda". Não quero fazer seu mundo cair, Spier, mas a gente só fala "merda" para não falar "cacete". Usar "cacete" e "merda" na mesma frase é que nem pedir uma Coca Zero e vinte donuts. Só fala "merda", sabe? Assume de uma vez que essa é a sua verdade. (E eu arrasei, aliás, no cacete daquela prova de merda.)

Simon, de uma vez por todas: pode contar comigo para desabafar sempre. Sempre. Não peça desculpas. Vocês dois estão passando por uma mudança enorme, e não consigo nem imaginar como deve ser. Obviamente, minha situação neste momento é o oposto de namorar a distância, mas eu sem dúvida penso nessa questão de estar-totalmente-

-presente. Minha mãe sempre contou que não conseguiu ter uma Experiência Universitária Completa (em outras palavras, minha versão bebê era a maior estraga-prazeres que já existiu). Por isso, ela sempre disse que achava melhor eu começar a faculdade com uma folha em branco — sem filhos, sem namoro. Ela apoia totalmente minha relação com a Abby, tenho certeza. Mas acho que em algum momento eu devo ter internalizado essa ideia, porque de vez em quando me pego pensando: que festas estou perdendo porque prefiro ficar em casa com a minha namorada? (E logo depois eu me lembro que não me importo *nem um pouco* em perder festas, tendo namorada ou não.)

O que eu estou tentando dizer é que te entendo, pelo menos nessa sensação de estar com um pé aqui e outro lá. Mas talvez seja isso o que acontece quando você encontra uma pessoa e gosta dela mais do que de todas as outras. Você diz sim para essa pessoa e não para o resto do mundo, várias e várias e várias vezes (até vocês ficarem velhos e se casarem, acho? Meu Jesus amado, eu não sei).

Enfim, fico triste em saber que você está sofrendo com tudo isso. Fico muito triste mesmo. Mas, Simon, você não deve felicidade a ninguém. Você sabe disso, né? Tudo bem ficar chateado e sentir falta do seu namorado e ficar triste quando ele fizer coisas sem você, e sentir tudo isso é supernormal, aliás. Não estou dizendo que você pode ser um babaca com o Bram por causa disso. Mas também não seja um babaca com você mesmo.

Te amo, amorrecido. Que bom que você não perdeu o voo.

DE: ABBYSUSO710@GMAIL.COM
PARA: LEAHNABATERIA@GMAIL.COM
DATA: 24 DE OUTUBRO ÀS 13:19
ASSUNTO: ESCUTA SÓ

Srta. Burke, levei todas as suas ressalvas em consideração e devo informar que concluí que tenho razão no que diz respeito a essa discussão. Apresento-lhe, sem demora, os meus argumentos abaixo. Só peço que os leia com a mente e o coração abertos.

Por que Leah Burke e Abby Suso devem se fantasiar de CatDog no Halloween: uma análise detalhada

O CatDog é um ícone cultural pouco valorizado e que merece todo o respeito depois de ser subestimado por décadas (por todas as pessoas exceto meu irmão, Isaac William Suso, que precisou ser convencido a não fazer uma tatuagem de quinze centímetros do CatDog no bíceps. Mas tatuagens, como você deve imaginar, são um assunto completamente diferente. Será que devo lembrá-la que fantasias de Halloween são fugazes e temporárias, de certa forma como a nossa própria existência?).

Por ser tanto um gato quanto um cachorro, o CatDog é sem dúvida uma fantasia pelo menos duas vezes mais criativa do que qualquer outra fantasia de gato ou cachorro já vista.

Assunto relacionado que todo mundo vai querer puxar: como o CatDog faz xixi?

A fantasia de CatDog pode ser facilmente confeccionada com pouquíssimos materiais (duas camisetas amarelas compridas, calças justas amarelas, feltro, cola, cartolina, canetinhas, tecido extra, tinta de pintar o rosto) (tá, não são pouquíssimos materiais, como mencionei, mas sem dúvida é uma fantasia mais barata do que uma túnica de Hogwarts).

Sério, existe coisa mais sexy do que um gato e um cachorro que são irmãos siameses??

Sinceramente, eu até que curto a ideia de passar a noite inteira grudada em você.

Concluindo: aceita fundir meu corpo de cachorro ao seu corpo de gato até que a festa de Halloween da Caitlin nesse fim de semana acabe?

Beijos,
Abby

DE: LEAHNABATERIA@GMAIL.COM
PARA: ABBYSUSO710@GMAIL.COM
DATA: 24 DE OUTUBRO ÀS 15:15
ASSUNTO: RE: ESCUTA SÓ

Sabe, por mais que eu tenha passado horas sonhando acordada, imaginando como seria namorar com você, nunca pensei que um dia o CatDog seria um tópico no nosso relacionamento. Você sabe que o CatDog é um pinto com cabeças de personagens dos dois lados, né? E por acaso o gato e o cachorro têm uma relação romântica um com o outro? Ou eles são irmãos? Não sei não, Suso. Se a gente vai andar por aí vestidas de CatDog a noite toda, acho que precisamos saber o que rola entre os dois.

(Não acredito que estou deixando você me convencer a fazer isso. Tipo, não consigo acreditar mesmo, nem depois de digitar tudo isso. Esses sentimentos de quatro letras começados com A estão começando a virar um PROBLEMA.)

Então eu sou o gato, é isso?

Meus cumprimentos,
LCB

DE: HOURTOHOUR.NOTETONOTE@GMAIL.COM
PARA: BLUEGREEN181@GMAIL.COM
DATA: 28 DE OUTUBRO ÀS 3:04
ASSUNTO: HOJE À NOITE

Antes de mais nada, Bramster, seu último post no Instagram é uma afronta pessoal. Você de túnica da Corvinal????? Da próxima vez me manda uma mensagem avisando antes, sei lá... Você sabe MUITO BEM que agora eu vou precisar comentar com um emoji babando (e as minhas irmãs vão ver!!! MUITO OBRIGADO). Você é muito lindo, não aguento. Às vezes vejo uma foto sua e penso "meu Deus, esse é o meu namorado". Eu devia fazer uma apresentação em PowerPoint com fotos suas e o título "Sinto muito, rapazes, ele está comprometido". Vai ser incrível, vou fazer o mundo inteiro morrer de inveja.

Enfim... Espero que você e o Garrett estejam tendo um ótimo fim de semana de Halloween (que *com certeza* deveria se chamar "Halloweekend", por que essa moda ainda não pegou??) (peraí, joguei no Google e parece que já pegou SIM, então meus parabéns, acho, a todos os geniozinhos que já usaram essa hashtag. Parabéns por serem mil vezes mais inteligentes que eu!). Tá, já esqueci do que eu estava falando. NOSSA, TENHO TANTA COISA PRA TE CONTAR, mas não sei por onde começar, porque tô um pouquiiiiiinho bêbado agora. Não bêbado nível dando-estrela-pelo-dormitório-usando-só-uma-orelha-do-Mickey (Mickey Pelado, seja lá quem você for, você era livre e cheio de vida, e eu te amo por isso).

E adivinha?? A faculdade está maravilhosaaaaaaa. E antes que eu me esqueça, Kellan me falou para te falar para ir na Big Nick's Pizza, porque eles fazem as melhores pizzas e milk-shakes, isso de acordo com o primo dele, que se chama Dane Maya e (apesar de ter esse nome de iogurte??) é um nova-iorquino LEGÍTIMO. Espera, haha, desculpa, são DOIS primos, Dan E Maya, o que faz mesmo mais sentido. Nem preciso dizer que o Kellan também está ligeiramente bêbado e fantasiado de boneco de ventríloquo (uma reviravolta que eu NÃO esperava... o Kellan gosta de palhaço *e também* de bonecos!).

Mas eu tenho que te contar sobre a noite de hoje. Bram, eu meio que tô com vontade de chorar, porque estou muito aliviado por ver que o meu cérebro ainda sabe ser feliz. Hoje eu senti que estava na FACULDADE. Foi exatamente como eu sempre imaginei. Eu nem estava planejando sair, porque só tinha uma camiseta listrada de ladrão de banco, também conhecida como a fantasia mais sem graça já inventada. Mas aí a Liza veio aqui (não lembro se falei dela, mas ela é a líder do grupo de boas-vindas. Tipo uma aluna que presta assistência aos outros alunos, acho? Em resumo, ela é do segundo ano e mora no mesmo andar que eu, e é tipo uma irmã mais velha para o nosso grupo). Então a Liza resolveu ser meu anjo da guarda (literalmente, porque era a fantasia dela). Eu nem sei como aconteceu, B., mas coloquei o tutu da Liza por cima da calça jeans e da minha camisa polo, e agora virei o Billy Elliot??? (Mas "*Stranger Things* Versão Bailarina" foi um ótimo palpite, parabéns para o Garrett!).

Aí um monte de gente do grupo de boas-vindas acabou indo para o quarto de um cara chamado Jacob (cheguei a comentar que tem dois Jacobs no meu andar, além de um Isaac e uma Rachel? Eu me sinto morando no Velho Testamento. SÓ FALTA UM ABRAHAM). Enfim, estávamos eu, os dois Jacobs, a Liza, o Kellan, o Grover e uma menina chamada Jocelyn, do andar de baixo, e eu já tinha encontrado a Liza e os Jacobs fora da aula (vendo TV ou papeando no banheiro, essas coisas), mas nunca tinha de fato sentado para conversar com eles. Então a gente meio que se amontoou na cama do Jacob e ficou falando de política e das pessoas da cidade de cada um (é claro que ouviram UM MONTE sobre você). E aí não sei como apareceu uma vodca e um suco de laranja, e a gente tinha combinado de ir a uma festa de Halloween das grandes fora do campus, na Bryn Mawr, mas acabamos desistindo e fomos para a festa no prédio do Founders Hall (e foi nesse momento que te mandei aquela mensagem de áudio).

Sei lá, foi tudo tão divertido e espontâneo. Dancei um pouco com as meninas, e tive uma conversa estranhamente intensa sobre pandas com uma pessoa vestida de panda (nem sei quem era, estávamos na fila para usar o banheiro). E aí estávamos indo para casa e ADIVINHA, Bram: o Kellan e o Grover estavam de mãos dadas!!! E eis que eles estão juntos desde a semana de boas-vindas, e eu estava por fora porque sou muito tapado mesmo. Bram, eu passei esse tempo todo pensando que eles eram melhores amigos héteros, "brothers", sabe? Eu sou a Marjorie todinha, aquela mulher da estação de trem ("É tão inspirador ver que homens mais jovens têm coragem de demonstrar afeto pelos amigos!"). Eu devia devolver a minha carteirinha de gay. A essa altura nem mereço mais beber café gelado.

Ai, meu Deus, meu e-mail já virou um livro. Desculpa!!! É que eu sinto tanta saudade sua, lindo. Querido. Amorzinho. Nossa, SÉRIO, eu não consigo escrever nenhuma dessas palavras sem fazer careta. Será que a gente nunca vai conseguir ter apelidos fofos de casal? Meu bem??? Esse eu adoro. Esse tem uma vibe meio Monty e Percy (mas, sinceramente, o que o Percy viu naquele caos em forma de garoto?). Então, meu bem, espero que você e o Garrett estejam tendo um Halloweekend excelente. Manda mais fotos, por favor!!! Eu te amo tanto, Brammy Bram. Vem logo aqui para a Filadélfia, tá? Aí a gente mostra para a Marjorie uma coisa AINDA MAIS inspiradora.

Com amor,
Simon Versão Bailarina

DE: BLUEGREEN181@GMAIL.COM
PARA: HOURTQHOUR.NOTETONOTE@GMAIL.COM
DATA: 29 DE OUTUBRO ÀS 11:29
ASSUNTO: RE: HOJE À NOITE

Querido Jacques,

Oi, meu bem. ☺ Espero que você ainda esteja dormindo. Assim eu não preciso decidir se o seu e-mail me deixou muito apaixonado ou muito arrasado. Ou talvez ambos. O problema, Simon, é que você bêbado fala igualzinho a você com sono, e pensar no Simon Spier com sono é meio que um soco no estômago agora. Já falei que morro de saudade da sua cabeça no meu travesseiro? É a coisa de que eu *mais sinto saudade*. Principalmente quando você acaba pegando no sono enquanto fala (que aliás é *exatamente* a mesma energia desse seu e-mail). Enfim, a questão é que estou completamente apaixonado pelo meu namorado bêbado.

(Se adianta de alguma coisa, acho que eu sei o que o Percy Newton vê no Henry Montague.)

Muito obrigado pelo emoji babando (suas duas irmãs de fato curtiram o comentário, assim como sua mãe, é claro). A noite passada foi... boa? A casa assombrada era ótima, não estou dizendo que não. Mas talvez tenha sido boa *demais* (confissão: não vejo a graça de casas assombradas se não posso sair no meio para ficar te beijando no banco de trás do carro do Nick). Mas o Garrett adorou. Ele ainda está desmaiado, mas daqui a pouco vou acordá-lo, porque ele precisa chegar ao aeroporto às três. No fim das contas, a visita dele foi muito legal. Ele me contou todas as novidades da faculdade (exceto a parte da Morgan, porque ele continua insistindo que nada aconteceu. Até agora!). No geral, ele parece estar feliz. Acho que ele talvez esteja com dificuldade para dar conta do volume de trabalho (não sei se passar o fim de semana em Nova York foi uma boa solução para esse problema específico, mas estou tentando silenciar o nerd que existe dentro de mim e deixar nosso "doce de menino" voar).

Ah, eu estou tão feliz por você finalmente ter conseguido se sentir na faculdade. Fiquei um pouco emocionado com a ideia de você usando tutu (sua versão criança ia ficar orgulhosa, não ia?). Isso me encheu de alegria, do mesmo jeito que o seu cadarço de arco-íris me enche de alegria. Adoro ver você brincando com esse seu lado. Você não precisa abrir mão de nenhum copo de café gelado, Simon, eu prometo.

Fala para o Kellan que eu agradeço a dica! Posso deixar esse passeio para quando você estiver aqui em dezembro, se quiser. E adorei saber que ele e o Grover estão juntos! Eu cheguei a desconfiar disso quando o Kellan passou aquele fim de semana inteiro no quarto do Grover (aliás, você já tinha reparado que o Kellan tem uma foto do Harvey Milk num porta-retrato na mesa dele, né?). Então talvez você tenha algo em comum com a Marjorie, mas será que todos não temos? Eu também não estou indo tão bem nesse setor (ver também: o baile de formatura).

Enfim, te amo. E sinto saudade de todas as suas versões. Me manda mensagem quando acordar, tá?

Com amor,
Blue

DE: ABBYSUSO710@GMAIL.COM
PARA: LEAHNABATERIA@GMAIL.COM
DATA: 5 DE NOVEMBRO ÀS 10:18
ASSUNTO: OI, EU SOU UM GÊNIO

É oficial: eu, Abby Suso, descobri a solução *definitiva* para o tédio. Neste exato momento, estou na aula de geometria analítica e cálculo (é tão empolgante quanto parece), mas o importante é que estou te escrevendo um e-mail!! Da aula de geometria analítica e cálculo!! O truque é o seguinte:

Abra um documento do Word.

Salve como "G Anal. C" (eu amo abreviações!).

Minimize a janela e deixe-a no formato de barra horizontal, com o título aparecendo para todo mundo ver.

Abra uma janela de "Escrever" no seu e-mail e encaixe essa belezinha logo abaixo do seu doc. do Word.

E voilà! SAI PRA LÁ, CÁLCULO ANAL. Bem-vindos à disciplina "enviando cartas de amor por e-mail para minha namorada 1", com aulas em *todos* os horários do dia. Vejamos, qual é nosso conteúdo desta manhã? Que tal discutirmos as propriedades geométricas do nosso quarto? Leah, já entrando no espírito CatDog, eu gostaria de enumerar as grandes e complexas vantagens de se fundir duas entidades em uma só (caramba, tô parecendo uma advogada tarada). Tá, o que eu quero dizer é que já *passou da hora* de providenciarmos uma reorganização estratégica da mobília.

Para deixar bem claro: eu, Abby Nicole Suso, estou propondo oficialmente que juntemos nossas camas, e vou apresentar meus argumentos a seguir.

Imagine o seguinte: a gente empurra minha cama para o seu lado do quarto, instantaneamente liberando quase uma *parede inteira* do meu lado (e aí cobrimos a parede com um daqueles painéis temporários de tijolos brancos falsos, uma coisa bem Pinterest!!!).

Estou ciente, é claro, de que ter uma única cama é uma decisão séria. Dito isso, o fato de sermos incapazes de ficar próximas uma da outra sem que haja algum tipo de contato físico também é uma questão séria. Então por que não tomamos essa decisão de uma vez?

A GENTE PASSA NOVENTA POR CENTO DO TEMPO NA MESMA CAMA, LEAH BURKE, E VOCÊ SABE DISSO.

Só estou dizendo que a geometria analítica da situação me parece bem óbvia!

(Por falar em geometria, minha professora acabou de me olhar nos olhos e fez uma cara de aprovação. Ela está AMANDO minhas anotações tão caprichadas!!)

E eu esqueci de te contar que falei com o Simon ontem, quando você estava na biblioteca! Parece que ele está melhor? Imagino que ele já tenha te contado que o colega de quarto fofo e esquisito dele saiu do armário (na verdade, acho que o Kellan nunca esteve *dentro* do armário, mas você sabe como o Simon é). Enfim, é óbvio que ele está adorando ter um amigo gay, e ele quis deixar claro para a gente que o Kellan tem um interesse saudável por terror e fenômenos paranormais em geral, e na verdade não é "tarado por palhaços". E pelo jeito o Kellan e o namorado convenceram o Simon a ir num passeio por atrações mal-assombradas na Filadélfia no fim de semana do aniversário dele?? (Ahn, será que só eu que lembrei de quando ele e o Bram foram naquela casa mal-assombrada no ano passado?)

Enfim... É bom saber que ele finalmente começou a sair mais com a galera da Haverford (ah, e eu finalmente perguntei daquele tal "grupo de boas-vindas", e parece que é só um grupo de pessoas que moram no mesmo andar?). Sei lá, Leah, eu andava tão preocupada com ele desde as férias de outono. Achei ele meio estranho quando a gente se encontrou, você não achou? Eu sei que essa história de namorar a distância está fazendo muito mal para ele, e acho que eles nunca ficaram tanto tempo sem se ver como aconteceu neste semestre. Eu queria saber como o Bram está lidando com isso tudo. O Garrett comentou alguma coisa quando você falou com ele? Será que a gente pode, sei lá, mandar uma mensagem para o Bram para ver se está tudo bem? Será que ia ser estranho?

Meu Deus, eu não sei como eles conseguem. Eu já acho difícil dormir em camas separadas no mesmo quarto.

Tá, a aula vai acabar daqui a pouco, então vou reler este e-mail rapidinho antes de enviar, e ahnnnnnn, achei que faltaram alguns elementos essenciais de uma carta de amor. Será que mais palavras de quatro letras começadas com A ajudariam? Quem sabe??

Beijinhos,
Abby

DE: LEAHNABATERIA@GMAIL.COM
PARA: ABBYSUSO710@GMAIL.COM
DATA: 5 DE NOVEMBRO ÀS 14:11
ASSUNTO: RE: OI, EU SOU UM GÊNIO

Beleza, Suso, vou testar o seu método na aula de introdução à literatura inglesa (mas se você acha que não vou nomear meu documento "G Anal. C", você não me conhece). Até agora tudo certo! Mas só uma dúvida, rapidinho: a gente ainda vai tentar aprender algum conteúdo da aula... ou deixa pra lá?

Bom, Abigail, analisei sua proposta e estou de acordo (apesar de estar criando um precedente perigoso ao me deixar persuadir tão facilmente por uma simples lista). (Nossa, um dia desses você vai me mandar uma merda de um e-mail com uma lista para me pedir em casamento, não vai?) Devo admitir que os itens dois e três são muito convincentes. Mas o painel de tijolos falsos saído do Pinterest, sei lá... Você sabe que mandou o e-mail pra mim, né? Leah Burke? Não, tipo, para a mãe do Simon?

Passando para sua pergunta mais importante: acha mesmo que eu não lembro do Simon e do Bram naquela casa mal-assombrada? Você está falando daquela vez que os dois ficaram com tanto medo que precisaram ser acompanhados, aos prantos, até a saída de emergência? Aposto que o Simon vai se comportar muito bem nesse passeio!

Então, eu soube que o Kellan é gay. E adorei saber que ele não é "tarado por palhaços". (Cara, eu ia amar ouvir essa conversa inteira. Ia ser hilário.) Tô muito feliz pelo Simon. E com ciúme, é claro, porque eu sou uma amiga babaca e ciumenta. Mas eu sei que ele merece ter um melhor amigo gay, principalmente um amigo que ele possa encontrar sem precisar viajar de trem. E também me preocupo com ele. Ele anda meio mal desde agosto, né? O Garrett disse que o Bram está bem, que só anda meio distraído e vive grudado no celular. Acho que não teria problema se mandássemos uma mensagem para ele. Essa situação é um saco. Eu fico me perguntando se um deles não devia transferir o curso de uma vez, sei lá. Mas o Simon sem dúvida está mais animado esta semana, então talvez eu esteja fazendo drama. Enfim... Eu também não sei como eles conseguem. Eu ia sofrer se precisasse ficar tão longe de você.

Nossa, eu não paro de pensar no que você disse sobre a gente sempre buscar contato físico. Não vou mentir, Suso, para mim isso foi um tapa na cara. Não que você esteja errada. É só que eu nunca tinha pensado nisso até você falar. Acho que já virou uma coisa automática. Eu vejo a sua mão e preciso pegar a sua mão. A sua boca existe, então eu tenho que te beijar.

Você sabe que me assusta, né?

Atenciosamente,
LCB

DE: BLUEGREEN181@GMAIL.COM
PARA: HOURTOHOUR.NOTETONOTE@GMAIL.COM
DATA: 16 DE NOVEMBRO ÀS 10:02
ASSUNTO: QUASE DEZENOVE ANOS

Querido Jacques,

 Hoje é o último dia do seu primeiro ano de vida adulta (e logo será o primeiro dia do último ano da sua adolescência... sua cabeça já começou a girar?). Não acredito que te conheço há tanto tempo. Não acredito que só te conheci de verdade há tão pouco tempo. Fico relembrando todos os nossos novembros, e não sei como você consegue, Simon, mas as lembranças parecem uma viagem no tempo. Quando se trata de você, tudo fica gravado em alta definição.
 Lembra do ano passado? Na festa de boas-vindas, quando a gente não dançou. E no chalé do Nick depois, quando a gente não dormiu. Ou em novembro do terceiro ano, quando eu falei para o meu namorado virtual secreto que eu o

imaginava pensando em sexo. (Se eu me lembro? Simon... Você sabe que eu fiquei sem respirar até você responder, né?) Ou no segundo ano, quando a sra. Warshauer avisou que ia fazer uma prova-relâmpago sobre Chaucer. Você disse que ela seria a causa da sua morte, e ela riu tanto que precisou sair da sala.

E o nono ano. Simon, quer saber o que eu estava fazendo há exatos quatro anos? Eu estava mergulhando de cabeça na paixão mais avassaladora dos meus catorze anos de vida. Nossa primeira aula do dia era de biologia, com a sra. Hensel, e nos colocaram de dupla no exercício prático de hereditariedade. Você lembra disso? Era um trabalho muito maluco em que a gente tinha que tirar cara ou coroa para decidir o genótipo do nosso bebê fictício. Foi a primeira vez que conversamos na vida, e eu fiquei o tempo todo tentando disfarçar minha cara de bobo.

Eu me lembro direitinho do que senti. O coração acelerado, o frio na barriga, a vertigem que eu sentia toda vez que você mexia a boca. É claro que eu já tinha reparado em você. O calouro magricelo Simon Spier, de cabelo lambido e óculos fundo de garrafa. Você sempre ficava todo assustado e contente quando alguém falava com você, e eu achava isso tão estranho e adorável (Simon, todo mundo queria falar com você. Acho que você nunca entendeu o poder do seu magnetismo).

E de repente lá estava eu, *fazendo um bebê* com aquele menino insuportavelmente lindo (e cheio de opiniões polêmicas sobre os nomes corretos no cara ou coroa: "Como que essa é a coroa, Bram? Olha a cara da águia, caramba!").

Nunca vou esquecer de quando tivemos que transformar aqueles genótipos em fenótipos. Nosso bebê tinha narinas enormes, era um horror. E, Simon, você sentiu amor por ele. Você sentiu amor por cada tufo de cabelo recessivo que ele tinha nos ouvidos. Você segurou a minha ilustração perto do seu rosto, todo feliz, e aquele momento foi certeiro, Spier. Você ganhou o meu coração.

Eu queria muito estar aí amanhã. Sei que vamos estar em casa daqui a cinco dias, mas é uma merda mesmo assim. Perder cada momento com você é absurdamente difícil. E esses quatro meses ridículos parecem uma eternidade. Mas eu pretendo continuar te amando por muito tempo, Simon Spier. No futuro, esses quatro anos vão parecer nada. Nadinha.

Com amor,
Blue

DE: HOURTOHOUR.NOTETONOTE@GMAIL.COM

PARA: BLUEGREEN181@GMAIL.COM

DATA: 18 DE NOVEMBRO ÀS 19:12

ASSUNTO: EU AINDA... MEU DEUS

Abraham Louis Greenfeld, você é INACREDITÁVEL. Eu reli os nossos e-mails e não consigo parar de rir. Você é um vigarista, sabia? Meu Deus, Bram. Melhor surpresa que já me fizeram até hoje. Acho que ainda estou nas nuvens.

Bram, eu nunca vou esquecer essa cena: você na minha cama, com as pernas cruzadas, de pijaminha de flanela, lendo um livro teórico. UM LIVRO TEÓRICO. Como se fosse uma noite normal na vida de um universitário. E eu ali parado na porta, *completamente sem reação*. Bram, eu pensei que você fosse um fantasma (provavelmente porque eu tinha acabado de voltar de um passeio por lugares mal-assombrados, O QUE VOCÊ SABIA MUITO BEM, PORQUE ESTAVA DE CONCHAVO COM O MEU COLEGA DE QUARTO).

Tipo... Eu ainda estou tentando processar essa história de vocês dois terem passado o mês inteiro planejando isso. Vocês são as criaturas mais traiçoeiras do mundo. Eu ainda não consigo acreditar que você SE INFILTROU NAS DMs DO KELLAN, convenceu ele a me levar para um passeio por lugares mal-assombrados e depois convenceu uma pessoa do meu grupo de boas-vindas a *te deixar entrar escondido no meu quarto*. Caramba, é muita falcatrua!!!! Por falar nisso, o Kellan e o Grover estão um grude só. Faz um tempo que eles estão se cumprimentando toda hora com um "toca aqui" ("toca aqui"! Gente, é por isso que todo mundo pensa que vocês dois são héteros!) (tá, observando melhor percebi que eles fazem o "toca aqui" meio que entrelaçando os dedos, mas AINDA ASSIM).

Enfim... Foi perfeito. Foi o aniversário mais perfeito que poderia existir. Você é o melhor namorado do mundo, sabia?

Com amor,
Simon

DE: ABBYSUSO710@GMAIL.COM
PARA: LEAHNABATERIA@GMAIL.COM, SIMONIRVINSPIER@GMAIL.COM, BRAM.L.GREENFELD@GMAIL.COM, NICKEISNER_REAL@GMAIL.COM, TEMETTERNICH.HARVARD@GMAIL.COM, DOCE_DE_MENINO@GMAIL.COM
DATA: 23 DE NOVEMBRO ÀS 16:12
ASSUNTO: BORA, TIME

Beleza, time do peru assado. Estou transferindo nossa conversa para o e-mail, porque pelo visto *certas pessoas* não conseguem receber as mensagens no Android (certas pessoas = eu).

Enfim, a gente sabe que amanhã é o dia D, então estamos combinados? Meio-dia na Waffle House funciona para todos? Sério que vou poder ver todas essas carinhas lindas ao mesmo tempo????

Beijinhos,
Abby

DE: DOCE_DE_MENINO@GMAIL.COM

PARA: ABBYSUSO710@GMAIL.COM, LEAHNABATERIA@GMAIL.COM, SIMONIRVINSPIER@GMAIL.COM, BRAM.L.GREENFELD@GMAIL.COM, NICKEISNER_REAL@GMAIL.COM, TEMETTERNICH.HARVARD@GMAIL.COM

DATA: 23 DE NOVEMBRO ÀS 16:15

ASSUNTO: RE: BORA, TIME

A galera toda junta na Waffle House??? Partiu!

Enviado do iPhone do G-money

DE: DOCE_DE_MENINO@GMAIL.COM

PARA: ABBYSUSO710@GMAIL.COM, LEAHNABATERIA@GMAIL.COM, SIMONIRVINSPIER@GMAIL.COM, BRAM.L.GREENFELD@GMAIL.COM, NICKEISNER_REAL@GMAIL.COM, TEMETTERNICH.HARVARD@GMAIL.COM

DATA: 23 DE NOVEMBRO ÀS 16:17

ASSUNTO: RE: BORA, TIME

Peraí, qual Waffle House??

Enviado do iPhone do G-money

DE: SIMONIRVINSPIER@GMAIL.COM

PARA: DOCE_DE_MENINO@GMAIL.COM, ABBYSUSO710@GMAIL.COM, LEAHNABATERIA@GMAIL.COM, BRAM.L.GREENFELD@GMAIL.COM, NICKEISNER_REAL@GMAIL.COM, TEMETTERNICH.HARVARD@GMAIL.COM

DATA: 23 DE NOVEMBRO ÀS 16:21

ASSUNTO: RE: BORA, TIME

Da Roswell Road, certo?
Perto da Starbucks?
Tô empolgado!!

DE: DOCE_DE_MENINO@GMAIL.COM

PARA: SIMONIRVINSPIER@GMAIL.COM, ABBYSUSO710@GMAIL.COM, LEAHNABATERIA@GMAIL.COM, BRAM.L.GREENFELD@GMAIL.COM, NICKEISNER_REAL@GMAIL.COM, TEMETTERNICH.HARVARD@GMAIL.COM

DATA: 23 DE NOVEMBRO ÀS 16: 23

ASSUNTO: RE: BORA, TIME

"A Waffle House perto da Starbucks" HAHAHA, a gente está mesmo de volta em Shady Creek, meus amigos

Enviado do iPhone do G-money

DE: TEMETTERNICH.HARVARD@GMAIL.COM

PARA: DOCE_DE_MENINO@GMAIL.COM, SIMONIRVINSPIER@GMAIL. COM, ABBYSUSO710@GMAIL.COM, LEAHNABATERIA@GMAIL.COM, BRAM.L.GREENFELD@GMAIL.COM, NICKEISNER_REAL@GMAIL.COM

DATA: 23 DE NOVEMBRO ÀS 16:27

ASSUNTO: RE: BORA, TIME

Oi, pessoal! Animadíssima para amanhã. Pergunta rápida: "G-money", quem é você?

Abraços,
Taylor

Taylor Eline Metternich
Universidade Harvard
Oradora da Creekwood High School

DE: DOCE_DE_MENINO@GMAIL.COM

PARA: TEMETTERNICH.HARVARD@GMAIL.COM, SIMONIRVINSPIER@GMAIL.COM, ABBYSUSO710@GMAIL.COM, LEAHNABATERIA@GMAIL.COM, BRAM.L.GREENFELD@GMAIL.COM, NICKEISNER_REAL@GMAIL.COM

DATA: 23 DE NOVEMBRO ÀS 16:30

ASSUNTO: RE: BORA, TIME

Sou eu, o Guy Fieri!!

Agora falando sério, será que eu deveria voltar a usar o cabelo igual ao do Guy Fieri? Vocês acham que as gatinhas da Tech iam curtir?

Enviado do iPhone do G-money

DE: LEAHNABATERIA@GMAIL.COM

PARA: DOCE_DE_MENINO@GMAIL.COM, TEMETTERNICH.HARVARD@

GMAIL.COM, SIMONIRVINSPIER@GMAIL.COM,

ABBYSUSO710@GMAIL.COM, BRAM.L.GREENFELD@GMAIL.COM,

NICKEISNER_REAL@GMAIL.COM

DATA: 23 DE NOVEMBRO ÀS 16:35

ASSUNTO: RE: BORA, TIME

Garrett, não.

DE: ABBYSUSO710@GMAIL.COM

PARA: LEAHNABATERIA@GMAIL.COM, DOCE_DE_MENINO@GMAIL.COM,

TEMETTERNICH.HARVARD@GMAIL.COM, SIMONIRVINSPIER@GMAIL.COM,

BRAM.L.GREENFELD@GMAIL.COM, NICKEISNER_REAL@GMAIL.COM

DATA: 23 DE NOVEMBRO ÀS 16:39

ASSUNTO: RE: BORA, TIME

Ahnn, Garrett, como assim "voltar a usar"?
     (Não sei se quero saber a resposta!!)

DE: BRAM.L.GREENFELD@GMAIL.COM

PARA: ABBYSUSO710@GMAIL.COM, LEAHNABATERIA@GMAIL.COM,

DOCE_DE_MENINO@GMAIL.COM, TEMETTERNICH.HARVARD@GMAIL.

COM, SIMONIRVINSPIER@GMAIL.COM, NICKEISNER_REAL@GMAIL.COM

DATA: 23 DE NOVEMBRO ÀS 16:44 ⊂⊃

ASSUNTO: RE: BORA, TIME

Quinto ano. Vejam o anexo.

DE: LEAHNABATERIA@GMAIL.COM
PARA: ABBYSUSO710@GMAIL.COM
DATA: 10 DE DEZEMBRO ÀS 23:12
ASSUNTO: FINAL DE SEMESTRE E OUTROS DESESPEROS

Tá, mudei de ideia. Já virou exagero. Abby, você está na biblioteca há *quinze horas*. Chega. Como é que eu vou estudar para geociência sem você enroladinha do meu lado com as pernas naquela pose de borboleta (continuo insistindo que ninguém senta desse jeito)? E fora isso, oi, será que ninguém vai começar a alongar os braços de um jeito bem exagerado sem mais nem menos? Quem vai me dar cotovelada nos peitos, Abby? Eu não posso dar uma cotovelada em mim mesma.

ABBY SUSO, SERÁ QUE VOCÊ ENTENDE QUE EU ESTOU DE CABELO PRESO NESTE EXATO MOMENTO E NÃO TEM NINGUÉM NINGUÉM MESMO PRA FINGIR QUE ESTÁ TOCANDO PIANO NA MINHA NUCA?

Enfim... Eu não sou nem um pouco fã das provas de final de semestre, você sabe bem disso, ainda mais quando eu decido ser uma completa idiota e insisto para a gente estudar em salas diferentes na biblioteca. Não sei o que eu tinha na cabeça. Não sei mesmo. Vamos desistir logo, por favor? A gente fez uma experiência, conseguiu se adiantar bastante, e agora estamos livres para nos dedicarmos à nossa prova de anatomia, como pessoas normais que não têm aula de anatomia.

Falando sério: eu sei que você está muito empenhada nesse artigo, dando tudo de si, e te admiro demais por isso. Pensa só, em alguns dias ele vai estar pronto e entregue e prestes a render um belo de um 10 no seu histórico. E aí você vai atender os pedidos dos seus fãs, né? Que tal esse pequeno desejo aqui: duas meninas voltam para casa um pouco depois do esperado nas férias de inverno, porque assim elas podem passar algumas noites a mais no quarto delas na faculdade. Com a porta trancada.

Tá bom, Hermione Granger, agora eu vou desligar o meu notebook.

Vem logo pra casa. ♥

Passar bem,
LCB

DE: ABBYSUSO710@GMAIL.COM
PARA: LEAHNABATERIA@GMAIL.COM

DATA: 9 DE DEZEMBRO ÀS 3:31

ASSUNTO: RE: FINAL DE SEMESTRE E OUTROS DESESPEROS

TERMINEI, TERMINEI, TERMINEI, GRAÇAS A DEUS. PQP.

Tá, estou esperando o ônibus para poder ir para casa e ver a minha bela adormecida sardenta, e, Lele, me desculpa, eu sei que estou com cheiro de biblioteca, mas vou deixar pra tomar banho amanhã. Porque agora esse amontoado de cansaço, antes conhecido como Abigail Suso, vai encostar a cabecinha nessa fronha de seda, desmaiar e dormir até a hora que quiser. E amanhã eu vou acordar totalmente descansada, e só vou reler esse FDP mais uma vez, e aí eu vou clicar em "enviar" e entregar esse artigo um dia antes do prazo final. É isso mesmo que você ouviu, vou dar uma de Taylor Metternich. E aí, Leah, você vai ver! Eu vou me dedicar ainda mais àquela maravilha de geometria analítica e cálculo. Eu estou ARRASANDO nas provas finais, Leah, ARRASANDO!!!!!!

Caramba, tá, eu tô relendo esse e-mail e eu sei, Leah, que estou parecendo MUITO bêbada. Mas não estou. De verdade, não bebi nem uma gota (a não ser alguns bilhões de gotas de café). Só estou exausta num nível absurdo. E sinto sua falta. Sinto falta da sua carinha, LCB. Meu Deus. Estou tão cansada que vou dizer aquilo, Leah. Eu te amo. Pronto. (Eu sei que essa é a revelação menos chocante de todos os tempos, e eu sei que não sou lá muito sutil, e eu sei que você ainda está se acostumando com essa palavra, mas, Leah, eu te amo tanto que não aguento. Penso em você o tempo todo. Será que você consegue imaginar quantas vezes eu repito o seu nome nos meus pensamentos??)

Enfim, você com certeza vai acordar antes de mim e vai ler este e-mail antes de eu estar desperta o suficiente para inventar uma desculpa, e acho que talvez seja melhor assim. Ou a gente pode só fingir que esse e-mail nunca existiu. Você decide, Leah Burke. Mas agora você sabe o que eu sinto.

Beijos e beijinhos e meu coração inteiro,
Abby

DE: SIMONIRVINSPIER@GMAIL.COM
PARA: LEAHNABATERIA@GMAIL.COM
DATA: 18 DE DEZEMBRO ÀS 13:52
ASSUNTO: RE: JÁ PRA CASA, SPIER

Eu tô morrendo de inveja. Não acredito que ainda estou aqui, com uma prova na tarde de quinta-feira e com três artigos para entregar na sexta (TRÊS!), enquanto você já está em casa há uma semana. Mas respondendo às suas perguntas: eu chego na sexta à tarde e o Bram deve chegar meia hora depois. A gente só vai levar a MARTA até a estação North Creek, e depois a mãe do Bram vai buscar a gente, então acho que está tudo sob controle (mas obrigado!!!).

E eu vou mesmo passar o Ano-Novo aqui! Savannah só em janeiro. Desculpa, eu reconheço que chamar essa viagem de viagem de Chanucá foi propaganda enganosa. Haha. Mas, sim, o Chanucá acabou. Eu e o B. celebramos quando eu estava em NY, depois do Dia de Ação de Graças (ele acendeu a menorá e fez a oração em hebraico, foi a coisa mais fofa). Mas vamos de carro para Savannah no dia 4 de janeiro para celebrar um Chanucá atrasadíssimo com o pai dele, a madrasta, o Caleb e vários parentes mais velhos, incluindo o Vovô Greenfeld (que o Bram descreve como uma mistura de Bernie Sanders e Eugene Levy, então já acho que vou amar esse senhor).

Aliás, estamos oficialmente confirmados para a minha Missão Secreta de 18 de janeiro. Por enquanto, o plano é arrastá-lo para a casa dos pais do Garrett depois do jantar, e todos vocês vão ficar esperando no porão. Ainda não sei quantos convidados vão ser. O Nick já vai ter voltado para Boston (buááá) e a Alice vai fazer aquela atividade de inverno em janeiro. Mas até agora somos eu, você, Abby, Garrett, um monte de caras do futebol e a Nora, claro. E também tem a Starr, prima do Bram, e o namorado dela (foram eles que apareceram com o uniforme da escola para ir à casa mal-assombrada ano passado, lembra? E você perguntou de qual anime eles estavam fazendo cosplay. INESQUECÍVEL). Enfim, e a SJ, prima do Bram do lado Greenfeld, também vem, e estamos esperando o namorado da SJ confirmar. Então acho que serão mais ou menos quinze pessoas?

POIS É, VAI ROLAR. Agora eu só preciso guardar esse segredo do meu garoto preferido por um mês. Espero que o "G-money" não me entregue (Ainda não superei esse apelido, Leah. Você acha que ele pede para todo mundo na Tech chamá-lo assim? Será que ele fala que A GENTE chama ele assim?). E, aliás, aposto que a Taylor sabe exatamente quem é o G-money e estava só tirando sarro da cara dele, como a rainha que ela é.

LOGO, LOGO a gente se vê. Vem passar um tempo comigo e com o Bieber esse fim de semana!!

DE: BLUEGREEN181@GMAIL.COM
PARA: HOURTOHOUR.NOTETONOTE@GMAIL.COM
DATA: 31 DE DEZEMBRO ÀS 23:52
ASSUNTO: ÚLTIMO E-MAIL DO ANO

Querido Jacques,

Você está segurando a minha mão neste exato momento; enquanto eu escrevo isto aqui, e essa só pode ser a maior vantagem de ser canhoto, e também o melhor motivo que existe para digitar com uma mão só. É só isso mesmo. Esse é o e-mail.

Com amor,
Blue

DE: HOURTOHOUR.NOTETONOTE@GMAIL.COM
PARA: BLUEGREEN181@GMAIL.COM

DATA: 1º DE JANEIRO À 00:05

ASSUNTO: PRIMEIRO E-MAIL DO ANO

Oi, menino lindo. Se você não existisse, teriam que te inventar. Você digitou esse e-mail inteiro com uma mão só, depois de beber *três taças de champanhe*, né? E não errou nem uma vírgula. Caramba. Não tem nenhum erro no seu e-mail inteirinho. A não ser a parte que você fala que ficar de mãos dadas é o melhor motivo para digitar com uma mão só. (Segundo melhor, Bram, você não acha? ☺)

Enfim, Bram Bêbado, vamos lá ver os fogos de artifício (e estou me referindo aos nossos ☺).

DE: LEAHNABATERIA@GMAIL.COM
PARA: SIMONIRVINSPIER@GMAIL.COM
DATA: 8 DE JANEIRO ÀS 9:36
ASSUNTO: RE: OI DE MACON!!!

Então você está me dizendo que o pai dele acha que vocês voltaram para Atlanta, a mãe dele acha que vocês ainda estão em Savannah... mas na verdade vocês estão num quarto de hotel em Macon?? Tá. Caramba??? Esse é um truque que só quem é filho de pais divorciados domina. E esse seu namorado? Ele é tão romântico que chega a ser *diabólico*. Simon, você tem certeza de que o Bram é da Corvinal? Porque eu tô achando que isso aí é coisa da Sonserina. Ele é cheio de surpresas, e eu apoio todas.

Bom, Spier, eu espero que tenha sido tudo perfeito (e não quero saber dos detalhes). Não posso dizer que fiquei surpresa com o hotel tentando empurrar um quarto com duas camas de solteiro (é o jeitinho da Geórgia). Mas vai saber, de repente a pessoa da recepção bateu o olho em vocês e pensou "não, tá na cara que esses dois não dão conta do espaço exagerado que uma cama king size oferece". E quem gosta de cama king size?? A cama king size é o relacionamento a distância em forma de móvel.

Enfim... Pois é! Eu voltei no domingo, as aulas começaram ontem, e aqui já estamos indo de vento em popa. Mas, sinceramente, achei bom voltar à rotina normal. Tipo, eu amo a minha mãe com todas as forças e sou uma grande fã do Wells. Mas, se é para morar com pombinhos apaixonados que não se desgrudam nunca, prefiro que o nome de um deles seja Abby Suso.

Tá, agora vou entrar no ônibus, mas vai me contando seus planos. Você vai precisar dominar a arte da festa-surpresa, Simon Spier, e você sabe disso.

Com amor,
Leah

P.S.: Não. Não acredite no que estão falando por aí. Não eram lágrimas. Eram só sintomas de alergia sazonal que sempre voltam com tudo na noite de Ano-Novo, como é normal acontecer com alergias.

DE: SIMONIRVINSPIER@GMAIL.COM
PARA: DOCE_DE_MENINO@GMAIL.COM, ABBYSUSO710@GMAIL.COM, LEAHNABATERIA@GMAIL.COM
DATA: 16 DE JANEIRO ÀS 20:14
ASSUNTO: MISSÃO SECRETA

NOVO PLANO MELHORADO PRA SEXTA, GALERA. Vamos substituir a casa do Garrett pela... já adivinharam?... Operação Roda-Gigante!!

Tá, mais informações:

O parque abre as portas às 18:00 (não esqueçam que é no estacionamento do Perimeter Mall, bem do lado da Nordstrom, vocês vão achar). Então pensei que vocês poderiam chegar lá às 18:30, só pra garantir. O que acham? Mas vocês só precisam estar posicionados mesmo às 19:00. Leah, passei o seu número para a Starr e a SJ para vocês se encontrarem lá. Garrett, você está encarregado de falar com os caras do futebol. E aí as únicas outras pessoas que eu chamei são a Nora e o Cal (como amigos. Por sinal, eles

NÃO voltaram, e a Nora pediu com todas as letras para a gente não "criar um climão").

Ou seja: são catorze pessoas confirmadas (sem contar eu e o Bram). Luke, o operador do brinquedo, é a peça mais importante desse quebra-cabeça e já está avisado. Ele sabe que vamos precisar de sete cabines uma atrás da outra. Mas, só para garantir, será que algum de vocês poderia repassar o plano com ele quando chegar lá?

Eu chuto que vou chegar com o Bram à fila de ingressos às 19:00, e espero que estejamos na fila da roda-gigante às 19:15.

Aí o Luke vai deixar vocês saírem do brinquedo uma cabine por vez, e (muito importante!) as primeiras duas pessoas precisam fingir que estão SURPRESAS em nos ver na fila. O Bram tem que pensar que a gente se encontrou por acaso. Mas aí ele vai ver mais e mais amigos saindo do brinquedo e vai entender o que está acontecendo (e já aviso que ele vai arregalar os olhos e fazer aquela cara de susto fofa dele, EU NÃO VEJO A HORA).

E aí eu e o Bram entramos na roda-gigante, eu boto um Otis Redding para tocar, e pronto!

Gostaram da ideia?

DE: DOCE_DE_MENINO@GMAIL.COM

PARA: SIMONIRVINSPIER@GMAIL.COM, ABBYSUSO710@GMAIL.COM, LEAHNABATERIA@GMAIL.COM

DATA: 16 DE JANEIRO ÀS 20:31

ASSUNTO: RE: MISSÃO SECRETA

Spier, não vou mentir, esse é o e-mail mais frenético que eu já li na minha vida, e isso contando com os e-mails do meu tio viciado em teorias da conspiração E os do Greenfeld no final do semestre.

Respira fundo, amigão!!!

Enviado do iPhone do G-money

DE: ABBYSUSO710@GMAIL.COM

PARA: DOCE_DE_MENINO@GMAIL.COM, SIMONIRVINSPIER@GMAIL.COM, LEAHNABATERIA@GMAIL.COM

DATA: 16 DE JANEIRO ÀS 20:40

ASSUNTO: RE: MISSÃO SECRETA

EU AMEI!!!

Ele vai pirar (mas daquele jeitinho fofo e comportado do Bram, tô louca pra ver essa cena).

Simon, você é um gênio.

DE: LEAHNABATERIA@GMAIL.COM

PARA: ABBYSUSO710@GMAIL.COM

DATA: 16 DE JANEIRO ÀS 20:48

ASSUNTO: RE: MISSÃO SECRETA

Rachei o bico com o G-money falando que o BRAM manda e-mails frenéticos no final do semestre. Por acaso ele te conhece?

DE: ABBYSUSO710@GMAIL.COM

PARA: LEAHNABATERIA@GMAIL.COM

DATA: 16 DE JANEIRO ÀS 20:50

ASSUNTO: RE: MISSÃO SECRETA

NOSSA, COMO VOCÊ É ENGRAÇADINHA.

DE: LEAHNABATERIA@GMAIL.COM

PARA: ABBYSUSO710@GMAIL.COM, DOCE_DE_MENINO@GMAIL.COM, SIMONIRVINSPIER@GMAIL.COM

DATA: 16 DE JANEIRO ÀS 20:55

ASSUNTO: RE: MISSÃO SECRETA

Combinado, Simon. Acho que esse plano está à altura do Greenfeld.

Só para confirmar: na verdade a gente vai fazer questão de criar climão e deixar a Nora sem graça, né?

DE: SIMONIRVINSPIER@GMAIL.COM

PARA: LEAHNABATERIA@GMAIL.COM, ABBYSUSO710@GMAIL.COM, DOCE_DE_MENINO@GMAIL.COM

DATA: 16 DE JANEIRO ÀS 21:06

ASSUNTO: RE: MISSÃO SECRETA

Ah, sim, COM CERTEZA a gente vai deixar a Nora sem graça.

DE: ABBYSUSO710@GMAIL.COM

PARA: SIMONIRVINSPIER@GMAIL.COM, LEAHNABATERIA@GMAIL.COM, DOCE_DE_MENINO@GMAIL.COM

DATA: 16 DE JANEIRO ÀS 21:10

ASSUNTO: RE: MISSÃO SECRETA

Tá, só uma pergunta, Si. Sei que o seu amigo Luke está a postos, mas... Simon, a gente tem 100% de certeza de que ele trabalha na sexta? Será que precisamos pensar num plano B?

DE: SIMONIRVINSPIER@GMAIL.COM

PARA: ABBYSUSO710@GMAIL.COM, LEAHNABATERIA@GMAIL.COM, DOCE_DE_MENINO@GMAIL.COM

DATA: 16 DE JANEIRO ÀS 21:15

ASSUNTO: RE: MISSÃO SECRETA

Não precisamos de um plano B, gente. ☺ Garanto que o Luke está levando toda essa história MUITO a sério. De verdade.

DE: LEAHNABATERIA@GMAIL.COM

PARA: SIMONIRVINSPIER@GMAIL.COM, ABBYSUSO710@GMAIL.COM, DOCE_DE_MENINO@GMAIL.COM

DATA: 16 DE JANEIRO ÀS 21:18

ASSUNTO: RE: MISSÃO SECRETA

Simon... por favor me diz que a gente não vai dar uma de Martin Addison com o operador da roda-gigante.

DE: SIMONIRVINSPIER@GMAIL.COM

PARA: LEAHNABATERIA@GMAIL.COM, ABBYSUSO710@GMAIL.COM, DOCE_DE_MENINO@GMAIL.COM

DATA: 16 DE JANEIRO ÀS 21:21

ASSUNTO: RE: MISSÃO SECRETA

COMO ASSIM, LEAH? A GENTE NÃO VAI DAR UMA DE MARTIN ADDISON, PQP!!! Será que você já cogitou a possibilidade de o Luke ser só um cara legal que gosta de aniversários e quer me ajudar a fazer uma surpresa para o meu namorado??

DE: LEAHNABATERIA@GMAIL.COM

PARA: SIMONIRVINSPIER@GMAIL.COM, ABBYSUSO710@GMAIL.COM, DOCE_DE_MENINO@GMAIL.COM

DATA: 16 DE JANEIRO ÀS 21:23

ASSUNTO: RE: MISSÃO SECRETA

Não, porque ninguém gosta tanto assim de aniversários.

DE: SIMONIRVINSPIER@GMAIL.COM

PARA: LEAHNABATERIA@GMAIL.COM, ABBYSUSO710@GMAIL.COM, DOCE_DE_MENINO@GMAIL.COM

DATA: 16 DE JANEIRO ÀS 21:26

ASSUNTO: RE: MISSÃO SECRETA

Por isso eu falei para o Luke que era um pedido de casamento. ☺

DE: LEAHNABATERIA@GMAIL.COM

PARA: SIMONIRVINSPIER@GMAIL.COM, ABBYSUSO710@GMAIL.COM, DOCE_DE_MENINO@GMAIL.COM

DATA: 16 DE JANEIRO ÀS 21:27

ASSUNTO: RE: MISSÃO SECRETA

NÃO, SIMON! PÉSSIMA IDEIA!!!!!!!!

DE: LEAHNABATERIA@GMAIL.COM

PARA: ABBYSUSO710@GMAIL.COM

DATA: 16 DE JANEIRO ÀS 21:28

ASSUNTO: RE: MISSÃO SECRETA

AI, MEU DEUS.

DE: ABBYSUSO710@GMAIL.COM

PARA: LEAHNABATERIA@GMAIL.COM

DATA: 16 DE JANEIRO ÀS 21:30

ASSUNTO: RE: MISSÃO SECRETA

EU SEI, LEAH, NEM SEI O QUE DIZER

DE: DOCE_DE_MENINO@GMAIL.COM

PARA: LEAHNABATERIA@GMAIL.COM, SIMONIRVINSPIER@GMAIL.COM, ABBYSUSO710@GMAIL.COM

DATA: 16 DE JANEIRO ÀS 21:31

ASSUNTO: RE: MISSÃO SECRETA

CARAAAAA Sério? Vocês vão ficar noivos?? Caramba, Spier, parabéns!!!!!

Enviado do iPhone do G-money

DE: SIMONIRVINSPIER@GMAIL.COM

PARA: DOCE_DE_MENINO@GMAIL.COM, LEAHNABATERIA@GMAIL.COM, ABBYSUSO710@GMAIL.COM

DATA: 16 DE JANEIRO ÀS 21:35

ASSUNTO: RE: MISSÃO SECRETA

Garrett, não!!!! Eu não vou pedir o Bram em casamento de verdade! Nossa, eu tô rindo muito aqui. Garrett, eu tenho dezenove anos, nem comer salada eu como direito. HA-HAHA, NÃO vou pedir o Bram em casamento. Eu só *falei para o Luke* que ia, para ele levar o plano a sério.

Que bom que deu tempo de esclarecer!!! UFA.

DE: ABBYSUSO710@GMAIL.COM

PARA: LEAHNABATERIA@GMAIL.COM

DATA: 16 DE JANEIRO ÀS 21:39

ASSUNTO: RE: MISSÃO SECRETA

Essa conversa tá A MAIOR LOUCURA.

Vou ali estourar uma pipoca.

DE: LEAHNABATERIA@GMAIL.COM

PARA: ABBYSUSO710@GMAIL.COM

DATA: 16 DE JANEIRO ÀS 21:41

ASSUNTO: RE: MISSÃO SECRETA

Nossa. Que momento para se viver.

Tá, torce por mim, lá vou eu.

DE: LEAHNABATERIA@GMAIL.COM

PARA: SIMONIRVINSPIER@GMAIL.COM

DATA: 16 DE JANEIRO ÀS 21:53

ASSUNTO: RE: MISSÃO SECRETA

Simon, olha só, preciso que você me ouça com atenção: ESSA É UMA PÉSSIMA IDEIA. Dizer que você vai pedir o Bram em casamento *não é legal*. Si, o que você acha que vai acontecer quando você e o Bram descerem da roda-gigante? Que o seu amigão Luke vai dar feliz aniversário para o Bram? Não, ele vai parabenizar vocês pelo noivado. E todas as outras pessoas da fila, adivinha? Elas vão parabenizar vocês pelo noivado.

Aí você sabe o que o Bram vai pensar, não sabe? Ele vai pensar que você entrou naquela roda-gigante planejando fazer um pedido de casamento.

Então se coloca no lugar dele um pouquinho. E se você pensasse que o Bram ia te pedir em casamento? Digamos que você tivesse motivos para acreditar que ele quase fez o pedido, mas perdeu a coragem no último segundo.

Você ia ficar cheio de dúvidas, não ia? Será que ele é a pessoa com quem você quer passar a sua vida inteira? O resto da sua vida, Simon. Você quer transar com ele por setenta anos? Você quer trocar fraldas e pagar impostos e pagar o plano de saúde dele? Será que você consegue decidir isso agora? E mesmo que ele seja o amor da sua vida, Simon, você quer se casar aos dezenove anos? Você tem que entender que o Bram vai começar a pensar em tudo isso.

E, Simon, digamos que o Bram resolva que sim, ele está a fim. Ou ele vai enlouquecer e ficar vinte e quatro horas por dia esperando você de fato pedi-lo em casamento, ou ele vai virar o jogo e pedir antes. Você está pronto para ser pedido em casamento? Você já sabe o que responderia?

Desculpa, Si, não quero te assustar. Mas parece que vocês dois levam um ao outro muito a sério, o que significa que essas não são só perguntas retóricas. Não dá pra brincar com isso. Eu sei que essa não é sua intenção, claro, mas pensa em tudo direitinho, tá? Seja cuidadoso com o seu coração e com o dele.

Estou preocupada com a surpresa de amanhã. Eu posso explicar tudo para o Luke antes de vocês chegarem lá, e aí a gente corta o mal pela raiz. Mas... acho que você e o Bram podiam falar desse assunto em algum momento, quem sabe? Sei lá, talvez já tenham falado. E quero deixar claro que não acho que casais de dezenove anos precisam começar a discutir essas coisas *tão cedo*.

Mas acho que talvez vocês dois precisem.

Simon, por que você não começa fazendo essa pergunta para si mesmo: o que te levou a dizer para o Luke que seria um pedido de casamento? Não me responda que era para que ele levasse a surpresa de aniversário a sério, isso eu já sei. Mas por que um *pedido de casamento*?

E o que você sentiu quando disse isso em voz alta?

DE: BLUEGREEN181@GMAIL.COM
PARA: HOURTOHOUR.NOTETONOTE@GMAIL.COM
DATA: 22 DE JANEIRO ÀS 13:56
ASSUNTO: É VOCÊ.

Querido Jacques,

Pensa só: daqui a quatro meses estaremos em casa de novo, com o verão inteiro pela frente, e tudo isso vai parecer mentira. A gente nem vai lembrar direito desse semestre, Simon. Vai ser tipo uma história que a gente ouviu dois anos atrás.
Eu não vejo a hora de esquecer como é sentir sua falta.
Bom... Você está num avião neste exato momento, e eu tenho mais ou menos uma hora até o meu voo sair. Ainda não senti o baque da despedida. Parece que você saiu para ir ao banheiro ou para comprar pastilhas de menta caríssimas (pastilhas que não vou poder saborear por tabela) (tá, agora a ficha começou a cair).

Sabe o que eu mais odeio quando as coisas acabam? O fato de sempre parecer que houve algum erro de cálculo. Como se o tempo só tivesse passado porque nós permitimos. Acredita que eu estou aqui arrependido porque o mês de janeiro acabou, como se fosse decisão minha?

Fico pensando naquilo que o Nick disse na noite de Ano-Novo, sobre os momentos em que a gente salva o jogo de videogame. Nosso amigo é um filósofo. Eu tinha esquecido que às vezes ele fala coisas que fazem muito sentido (ainda mais quando eu bebo champanhe, pelo visto). Não lembro se você ouviu essa conversa inteira (acho que ele disse isso quando você subiu para falar com o Kellan e o Grover no FaceTime). Mas vou tentar te explicar o contexto.

Isso foi mais ou menos à uma ou às duas da manhã, quando a Taylor estava insistindo para todo mundo cantar uma música junto, mas ninguém estava muito a fim (tirando a Leah, que não estava *nada* a fim), então a Taylor começou a cantar sozinha. E foi um daqueles momentos, sabe? Deu vontade de revirar os olhos, porque era a Taylor, mas a voz dela meio que pegou todo mundo de surpresa. Era aquela música "More Than Words" (acho que tem essa na playlist que você ouve no trem, né?). Enfim, aí o Nick começou a tocar violão e fazer uma segunda voz bem suave, e acho que todos nós ficamos meio fascinados, sei lá. E, assim que a música terminou, a Leah se levantou de repente e correu para o banheiro. Claro que a Abby foi atrás dela, e as duas voltaram com os olhos meio vermelhos. Aí a Taylor perguntou se elas estavam bem, e a Abby sorriu e disse: "Eu queria poder pausar esse momento."

Aí o Nick ficou olhando para as duas, e eu fiquei com o estômago embrulhado. Porque mesmo acreditando que o Nick estivesse bem-resolvido com a história da Abby e da Leah, claro que naquele momento comecei a ter dúvidas. Eu cheguei a me encolher um pouco quando o Nick abriu a boca, porque tive certeza de que ele ia dizer alguma coisa indelicada. Mas, com um olhar profundo, ele começou a falar sobre o tempo e a memória. E foi aí que você voltou, mas não sei se ouviu o que ele estava dizendo.

Era mais ou menos isso: quando dizemos que queremos parar o tempo, estamos dizendo que queremos controlar nossas lembranças. Queremos escolher quais momentos vamos guardar para sempre. Queremos ter certeza de que os melhores momentos não vão acabar se perdendo. Então, quando alguma coisa especial acontece, temos esse impulso de apertar o botão de pause e salvar o jogo. Queremos garantir que vamos poder voltar a esse momento depois.

Simon, quer saber qual momento eu escolheria para salvar? Sexta passada, no alto da roda-gigante. Para ser mais exato, a hora em que você me flagrou olhando para a Xícara Maluca e resolveu acabar comigo só com duas palavras.

Será que a gente pode guardar esse? Por favor, vamos voltar para lá?

Com amor,
Blue

DE: HOURTOHOUR.NOTETONOTE@GMAIL.COM

PARA: BLUEGREEN181@GMAIL.COM

DATA: 25 DE JANEIRO ÀS 10:41

ASSUNTO: EU SEI QUE TÔ ATRASADO.

Querido Blue,

Olha só: chegou o nosso aniversário de dois anos. Que legal comemorar a milhões de quilômetros de distância um do outro. E daqui a pouco vamos comemorar o Valentine's Day a milhões de quilômetros de distância um do outro também.

Eu pensei que não pudesse ficar ainda mais difícil. Acho que eu imaginei que ia me acostumar. Que nada, pelo jeito a única coisa com que eu me acostumei foi a te ver todo dia durante as férias de inverno. E agora você foi embora e parece que me decapitaram. É como se minha mente e meu corpo não tivessem nada a ver um com o outro. Eu vou para a aula e não me lembro de ter andado até a sala. Ou o Kellan me chama, e de repente eu percebo que aquela é a décima vez que ele falou meu nome.

Bram, tô ficando assustado. Parece que não sou eu que estou na minha cabeça. Tenho pensado muito num e-mail que a Leah me mandou nas férias (e é claro que eu nunca respondi, porque sou um babaca). Não sei nem o que dizer, B., mas trechos diferentes do que ela escreveu me vêm à cabeça e mexem comigo de repente. Desculpa se eu estou aqui basicamente respondendo o e-mail de outra pessoa. E ficando *amorrecido*. Vou parar com isso. Já estou parando. Vou passar para um assunto feliz. Ou triste-feliz.

Andei pensando em qual momento eu escolheria para salvar no jogo. (Claro que eu me lembro do Nick falando isso, e, se me permite dizer, você explicou de um jeito bem mais poético. Tenho quase certeza de que o Nick usou o termo *respawn*.)

Enfim, primeiro eu pensei no parque de diversões no inverno, nós dois na Xícara Maluca (edição do terceiro ano). Só que depois eu pensei: mas e o estacionamento do mercado? Ou a festa de boas-vindas do último ano? ☺ Ou o meu aniversário. Ou nossos dias em Macon. Ou a sexta passada. É MUITA COISA. E, Bram, você sabe como eu sou péssimo com decisões.

Mas acabei concluindo o seguinte: eu escolho agora. Aqui mesmo, no meu quarto de dormitório, com a minha calça de pijama de golden retriever, te mandando esse e-mail a uma distância de 189,1 quilômetros. Porque, querendo ou não, o meu cérebro de hoje é o único que guarda a nossa história inteira. Quer dizer, é exatamente por isso que *Harry Potter e as relíquias da morte* é o livro que eu levaria para uma ilha deserta. Todos os outros livros da série estão guardadinhos dentro dele.

Bram, eu aguento todos os momentos péssimos sem você se isso significa que eu vou poder ficar com a boneca russa inteira no final.

Feliz aniversário de namoro, B.

Com amor,
(Olha só, estou fazendo isso por você, seu bobão.)
Jacques

DE: SIMONIRVINSPIER@GMAIL.COM
PARA: LEAHNABATERIA@GMAIL.COM
DATA: 10 DE FEVEREIRO ÀS 19:15
ASSUNTO: RE: TUDO BEM POR AÍ?

Oi! Desculpa, demorei um pouquinho para responder. Só queria agradecer a você e a Abby por terem me procurado para saber se eu estava bem (cara, a mensagem de voz que vocês mandaram é tão fofa!). Mas, sério, eu tô superbem! Aos poucos, estou voltando ao ritmo. O Kellan e o Grover passaram o fim de semana em Annapolis para comemorar o Valentine's Day adiantado, então fiquei com o quarto todo só para mim! Mas eles já devem estar voltando, a não ser que tenham sido assombrados demais por alguma das "entidades fantasmagóricas" da pousada em que se hospedaram. (Mas agora falando sério: se a tal entidade fantasmagórica não der as caras, será mesmo que ela pode ser considerada uma *aparição*??)

    Fora isso está tudo na mesma, e as aulas estão corridas, mas ótimas!! Infelizmente meu inimigo da aula de introdução à psicologia, aquele que não sabe que é meu inimigo, continua com seu reino de terror e misoginia na aula de métodos de pesquisa e estatística. Mas na aula prática da semana passada uma pessoa não binária da nossa sala, Skyler, que fala com uma voz bem calma, botou ele no seu devido lugar. Foi maravilhoso!

Caramba, Leah, as suas turmas são enormes!! Não consigo nem imaginar. É opressivo estudar com tanta gente? Às vezes eu fico pensando nisso. Você acaba encontrando sempre as mesmas pessoas, ou todo mundo se espalha? Acho que por um lado deve ser que nem morar numa cidade grande? Sei lá. Fico curioso. É mais fácil com a Abby por perto?

Mas eu finalmente estou me enturmando com as pessoas daqui!! Meu grupo de boas-vindas tem feito várias noites de jogos (eles amam Taboo, e eu acharia isso incrível, só que eu me saio MUITO melhor quando jogo com vocês!). E virei tiete de um grupo a cappella! Mentira, só estou ajudando o grupo a fazer um site, mas tem sido muito legal, e acabei assistindo a alguns ensaios (é um grupo só de mulheres chamado The Outskirts, e duas meninas do meu andar participam, e elas são TÃO BOAS, Leah. Dá uma olhada nos vídeos delas no YouTube!).

Não tenho planos para o Valentine's Day. Acho que só vamos jantar cada um em seu quarto e falar por FaceTime! E vocês (ou melhor, o que a Abby já te convenceu a fazer)?

Enfim, foi ótimo falar com vocês aquele dia, e me desculpa de novo por andar tão sumido!! E fala para a Abby que eu vou responder o e-mail dela em breve, prometo, mas também pode ficar à vontade para compartilhar este e-mail com ela para mostrar que estou bem! Então tá, amo vocês e morro de saudade!!!!

DE: LEAHNABATERIA@GMAIL.COM
PARA: ABBYSUSO710@GMAIL.COM
DATA: 11 DE FEVEREIRO ÀS 10:04
ASSUNTO: FWD: RE: TUDO BEM POR AÍ?

Olha, sendo bem sincera, Abby, eu tô BEM preocupada. Tipo, esse e-mail... é tão empolgado que chega a ser agressivo. E achei impressionante como ele deu um jeito de usar pontos de exclamação infinitos, é verdade, mas... eu não comprei esse teatrinho de "está tudo maravilhoso aqui", sabe?

    Sei lá, talvez eu esteja exagerando. Você acha que esse é só o Simon caótico de sempre? Ou esse é o Simon caótico e deprimido em meio a uma crise nunca antes vista, cuja gravidade ele não pode e ao mesmo tempo, sabe-se lá por quê, não quer comunicar?? Pelo amor de Deus. SIMON, VOCÊ SABE A LETRA DE TODAS AS MÚSICAS DO ELLIOTT SMITH, SEM EXCEÇÃO. Como é que ele pode ter *dificuldade* para falar sobre tristeza?

Além disso, é claro que ele ainda não respondeu ao meu outro e-mail, mas o pior nem é isso. É o fato de ele nunca ter nem *tocado no assunto* do e-mail, só me agradecido por resolver as coisas com o operador da roda-gigante. E depois mais nada, Abby. Ele nem chegou a mencionar o e-mail por mensagem. Isso me assustou um pouco. Ele sempre foi tão aberto comigo.

Abby, o que a gente faz??

DE: ABBYSUSO710@GMAIL.COM
PARA: LEAHNABATERIA@GMAIL.COM
DATA: 11 DE FEVEREIRO ÀS 10:24
ASSUNTO: RE: FWD: RE: TUDO BEM POR AÍ?

Calma, tô ajeitando o meu arquivo de Word de mentira... peraí...

Pronto! Então, pois é, o Simon não está conseguindo convencer NINGUÉM que está tudo numa boa, mas também não sei se a situação já é de "uma crise nunca antes vista", sabe? Haha. Acho que ele só está com muita saudade do Bram, e talvez tentando se distrair, pensar positivo. E acho que ele não quer que a gente se preocupe (e, verdade, o e-mail ia parecer muito mais casual com uns vinte pontos de exclamação a menos, mas o Simon usa bastante exclamação normalmente, você não acha?).

Eu entendo por que você ficou preocupada. E me parece que isso tem menos a ver com esse e-mail do Simon ligadão (nossa, aquele *trocadilho* de "fantasma" com "aparição"...) e mais com o e-mail que ele nunca respondeu. Talvez eu esteja lendo nas entrelinhas, mas Leah... Será que você sente que provocou no Simon uma crise nunca antes vista? Eu sei lá o que você escreveu naquele e-mail. Mas se o Simon está deprimido ou ansioso ou confuso, é por causa de alguma questão química ou de alguma situação com a qual ele está lidando. Ou as duas coisas! E, sim, eu acho importante ficar de olho nele, mas não deixa isso te assombrar, tá? (Ou "assombrar demais", seja lá o que isso for, né, Simon? Por acaso existe algum nível aceitável de assombração? Tsc, tsc, tsc, sério, o que a gente vai fazer com esse menino??)

Tá, mudando de assunto rapidinho, porque, como você deve ter notado, estamos no dia 11 de fevereiro, o que significa que você e eu precisamos desesperadamente falar do nosso GRANDE DIA (não estou falando de casamento, Burke, não surta). É o seguinte, sua misantropa cínica que por acaso é minha namorada: venho por meio deste e-mail desafiá-la a jogar uma partida de Bingo dos Clichês de Valentine's Day.

As regras são essas:

No dia 13 de fevereiro, cada participante trabalhará individualmente para criar uma (1) cartela de bingo com estrutura tradicional, contendo cinco linhas e cinco colunas, num total de vinte e cinco quadrados. Em seguida (à exceção do espaço livre no centro), as participantes preencherão cada quadrado com a descrição de um clichê do

Valentine's Day. Pode ser um presente, tradição, atividade ou frase (por exemplo: "um buquê de rosas vermelhas", "jantar à luz de velas", "almofada de coração com 'eu te amo' escrito" etc.). Todos os vinte e quatro quadrados devem conter clichês diferentes, e os itens serão escolhidos e distribuídos a critério da participante.

AS PARTICIPANTES NÃO DEVEM EXPOR SUAS CARTELAS DE BINGO UMA PARA A OUTRA DURANTE A REALIZAÇÃO DO JOGO. ISSO É DE SUMA E EXTREMA IMPORTÂNCIA.

No dia 14 de fevereiro, a partir das oito da manhã, as participantes (sem conhecimento dos vinte e quatro itens listados na cartela uma da outra) vão praticar clichês com a temática Valentine's Day durante o dia inteiro. O objetivo de cada participante será pôr em prática um clichê que esteja presente na cartela de bingo da *outra* participante.

Se uma participante puser em prática um clichê presente na cartela da outra participante, a criadora da cartela deve RISCAR o item. (Por exemplo: se um dos quadrados da Participante A disser "um buquê de rosas" e a Participante L presentear a Participante A, na vida real, com um buquê de rosas, a Participante A deve *riscar* esse quadrado em sua cartela.)

Se uma das participantes riscar cinco quadrados adjacentes, em qualquer direção (vertical, horizontal ou diagonal), isso significa que a OUTRA participante ganhou o bingo. A criadora da cartela deve notificar a outra participante imediatamente, dizendo "bingo", e o jogo chegará ao fim.

Então é o seguinte: se você ganhar, eu prometo fazer um total de zero postagens de Valentine's Day nas redes sociais quando nosso bingo acabar. Mas, Leah, se eu ganhar, você vai postar uma foto de cada ursinho de pelúcia e chocolate que eu te der.

Então, namorada, você concorda com essas condições?

(Nossa, eu não vejo a hora de testemunhar a Leah Competitiva e a Leah AntiClichê entrando em conflito nesse seu rostinho lindo.)

Beijinhos,
Abby

DE: HOURTOHOUR.NOTETONOTE@GMAIL.COM
PARA: BLUEGREEN181@GMAIL.COM
DATA: 15 DE FEVEREIRO ÀS 21:13
ASSUNTO: RE: VIU ISSO?

NÉ??? MUITO BIZARRO. Você acha que hackearam a conta dela?? Ou será que ela foi possuída? É a coisa mais fofa do mundo, claro, mas a Leah Burke postando cada detalhe do Valentine's Day no Instagram é a reviravolta que eu menos esperava no primeiro ano de faculdade.

Enfim, eu tô bem. Só foi chato comemorar o Valentine's Day pelo FaceTime. O que é ridículo, porque eu nem ligo tanto assim para essa data! Passar nosso aniversário de namoro separados foi bem pior, com certeza. Mas acho que tudo vai acumulando, sabe? É saudade em cima de saudade em cima de saudade de você.

Mas eu tenho me esforçado TANTO. Fiz uma guerra de bola de neve com os dois Jacobs, e entro de penetra em todos os ensaios do grupo a cappella da Rachel e da Liza.

Almoço todos os dias com Skyler depois da aula de psicologia. Estou assistindo a todos os filmes de terror bizarros que o Kellan põe pra gente ver e jogando videogame com a Jocelyn (só jogo violento, mas ela sempre me mata logo depois de eu renascer no jogo, não perdoa uma). Acho que tudo parece bobagem quando eu escrevo assim. Mas não sei mais o que fazer, sério. Se eu vou continuar aqui, tenho que estar presente aqui, sabe? Tenho que aceitar que essa é a minha vida real.

Não sei, B. Acho que eu estou precisando refletir sobre algumas coisas.

Mas, Bram, eu quero saber tudo que você tem feito. Quero saber se você fez algum boneco de neve, se olhou as estrelas, se comeu churrasco de dinossauro, se viu alguma performance artística esquisita com a Ella e a Miriam, se fez amizade com mais algum guru da maquiagem. Quero que você me conte cada detalhe dos seus jogos de futebol, para eu ficar concordando com a cabeça e fingindo que sei o que é "impedimento" e "escanteio". Seja feliz, tá? Quero que você sinta saudade de mim, que pense em mim, que me ame, e também que seja feliz.

DE: BLUEGREEN181@GMAIL.COM

PARA: HOURTOHOUR.NOTETONOTE@GMAIL.COM

DATA: 16 DE FEVEREIRO ÀS 11:10

ASSUNTO: RE: VIU ISSO?

Querido Jacques,

Sabe, eu sempre esqueço que os seus e-mails têm o poder de me deixar sem fôlego.

Isso me fascina. São só símbolos e espaços em branco, mas eles afetam minhas funções biológicas básicas. Parece até que existe uma conexão direta entre o seu teclado e o meu cérebro.

Essa sua última frase...

Simon, quero deixar bem claro: eu sinto saudade de você. Eu penso em você. Eu amo você. A felicidade é uma variável, mas tudo isso é uma constante na minha vida.

Acho que você faz bem em construir uma Vida Real na faculdade. É a opção mais saudável, né? Eu também estou tentando fazer isso, mas não sei se a minha Vida Real é tão empolgante quanto você imagina. Nenhum boneco de neve por enquanto, e não sei se existe isso de olhar as estrelas em Manhattan. ☺ Mas tenho saído bastante com a Ella e a Miriam, e sim, elas estão me arrastando para TODAS as performances estranhas. Não sei se eu diria que *fiz amizade* com o Alec, mas jantamos juntos algumas vezes, e ele vive se oferecendo para me maquiar. Simon, como eu explico para um influenciador de maquiagem com meio milhão de seguidores que eu gosto de maquiagem tanto quanto um monge tibetano gosta de maquiagem? Mas aposto que ele faz os olhos do Troye Sivan quando você vier em março, se quiser (prometo usar meus meiões de futebol, se você topar). Você sabe que todo mundo aqui está louco para te conhecer, né?

E não sei sobre o que você está refletindo, Simon, mas se algum dia desses você quiser conversar, sou todo seu. Mas você já sabe disso.

E eu também sinto saudade em cima de saudade em cima de saudade de você.

Com amor,
Blue

DE: SIMONIRVINSPIER@GMAIL.COM
PARA: ABBYSUSO710@GMAIL.COM
DATA: 8 DE MARÇO ÀS 16:17
ASSUNTO: RE: BOM DIA, FLOR DO DIA!!

Abby, eu sou um DESASTRE. Não acredito que só estou respondendo ao seu e-mail um mês depois. Eu sei. Eu sei que a gente se falou por WhatsApp e de todas as formas possíveis desde então, mas aff, mesmo assim, me desculpa. E nesse e-mail você me fez tantas perguntas ótimas que agora ficaram totalmente defasadas. Mas, caso você ainda esteja curiosa, por algum motivo: o resto das férias de inverno foi ótimo! Eu e o Bram passamos quase o tempo todo enfurnados na casa da mãe dele (nossa estratégia para evitar o famigerado combo de vergonha alheia que são Jack e Emily Spier). E voltei são e salvo para a Filadélfia no dia 22 de janeiro. ☺ E, sim, eu já sei que matérias vou cursar nesse semestre (ainda bem, já que o semestre a essa altura está quase na metade, porque eu sou um tapado que demora um mês para responder perguntas simples).

Enfim, agora eu estou no trem!! Indo para Nova York!!! E vou ficar uma semana inteira, e durante essa semana serei um EXEMPLO de independência e autocontrole enquanto o Bram encara as provas do meio do semestre. E depois ele vai voltar comigo para a Filadélfia. EU TÔ TÃO FELIZ, ABBY. Toda vez que alguém olha para mim eu abro um sorriso (e, só pra constar, se um dia você quiser que o pessoal daqui te dê MUITO espaço num assento de trem, é só fazer isso).

Mas vocês entram de férias mais cedo, que nem eu, certo? Quando vocês viajam para Washington D.C.? Adorei que a Leah vai com você!! Vai ser a primeira vez que ela encontra as gêmeas, né? E o Xavier? Sei que o Nick gostou de conhecer todos eles (tirando a parte em que a sua prima Cassie ameaçou estripá-lo se ele te magoasse. Pelo visto, pareceu que ela estava falando sério, né?). Acho que vocês não precisam de nenhuma sugestão de coisas pra fazer por lá, mas o Kellan quer que eu te diga que tem uns passeios muito bons dedicados ao Edgar Allan Poe em Baltimore. Então, se vocês estiverem no clima de aprender sobre ele e ir de carro até Baltimore, fica... a dica?

Certo, tô chegando na Penn Station! Boa viagem pra vocês, e mandem muitas fotos, e se esbarrarem nos Obama digam oi por mim?

Com amor,
Simon

DE: SIMONIRVINSPIER@GMAIL.COM
PARA: DOCE_DE_MENINO@GMAIL.COM, ABBYSUSO710@GMAIL.COM, LEAHNABATERIA@GMAIL.COM, BRAM.L.GREENFELD@GMAIL.COM, NICKEISNER_REAL@GMAIL.COM, TEMETTERNICH.HARVARD@GMAIL.COM
DATA: 11 DE MARÇO ÀS 8:39
ASSUNTO: TRAQUINAGENS NA BIG APPLE

Então... Eu ia gravar um vlog para vocês, mas eis que surgiram gravíssimas dificuldades técnicas (leia-se: acordei com uma espinha que poderia ser chamada de "Grande Maçã"). Mas sigamos em frente! Vou transmitir esse espetáculo para todo mundo nesse e-mail. Pessoal, o Spier da Cidade Grande vai levá-los num passeio inesquecível. PREPARADOS?

DE: LEAHNABATERIA@GMAIL.COM
PARA: SIMONIRVINSPIER@GMAIL.COM, DOCE_DE_MENINO@GMAIL.COM, ABBYSUSO710@GMAIL.COM, BRAM.L.GREENFELD@GMAIL.COM, NICKEISNER_REAL@GMAIL.COM, TEMETTERNICH.HARVARD@GMAIL.COM

DATA: 11 DE MARÇO ÀS 8:48

ASSUNTO: RE: TRAQUINAGENS NA BIG APPLE

O Bram te expulsou do quarto para poder estudar, foi?

DE: SIMONIRVINSPIER@GMAIL.COM

PARA: LEAHNABATERIA@GMAIL.COM, DOCE_DE_MENINO@GMAIL.COM, ABBYSUSO710@GMAIL.COM, BRAM.L.GREENFELD@GMAIL.COM, NICKEISNER_REAL@GMAIL.COM, TEMETTERNICH.HARVARD@GMAIL.COM

DATA: 11 DE MARÇO ÀS 8:52

ASSUNTO: RE: TRAQUINAGENS NA BIG APPLE

Meus motivos para embarcar nesta aventura são irrelevantes. Eis que a jornada começa!!!

Eis a primeira parada, que, como podem ver, é uma igreja extremamente majestosa no Upper West Side. Não é incrível? Acho que talvez aqui seja Hogwarts... Mas infelizmente não poderei averiguar, já que a igreja só abre às nove. Fazer o quê?

Em anexo estou enviando uma foto da fachada, e vou indo para o metrô, onde a jornada continuará.

DE: LEAHNABATERIA@GMAIL.COM

PARA: SIMONIRVINSPIER@GMAIL.COM, DOCE_DE_MENINA@GMAIL.COM, ABBYSUSO710@GMAIL.COM, BRAM.L.GREENFELD@GMAIL.COM, NICKEISNER_REAL@GMAIL.COM, TEMETTERNICH.HARVARD@GMAIL.COM

DATA: 11 DE MARÇO ÀS 8:59

ASSUNTO: RE: TRAQUINAGENS NA BIG APPLE

Ai, Simon, que pena que você se confundiu com os horários... Deu pra notar que você estava louco para conhecer o interior dessa catedral!

Mas... você sabe que o e-mail foi enviado às 8:52, né?

DE: DOCE_DE_MENINO@GMAIL.COM

PARA: LEAHNABATERIA@GMAIL.COM, SIMONIRVINSPIER@GMAIL.COM, ABBYSUSO710@GMAIL.COM, BRAM.L.GREENFELD@GMAIL.COM, NICKEISNER_REAL@GMAIL.COM, TEMETTERNICH.HARVARD@GMAIL.COM

DATA: 11 DE MARÇO ÀS 9:15

ASSUNTO: RE: TRAQUINAGENS NA BIG APPLE

Turma, quem vai ficar encarregado de contar quantas vezes o Spier fala "eis"??

Enviado do iPhone do G-money

DE: SIMONIRVINSPIER@GMAIL.COM

PARA: DOCE_DE_MENINO@GMAIL.COM, LEAHNABATERIA@GMAIL.COM, ABBYSUSO710@GMAIL.COM, BRAM.L.GREENFELD@GMAIL.COM, NICKEISNER_REAL@GMAIL.COM, TEMETTERNICH.HARVARD@GMAIL.COM

DATA: 11 DE MARÇO ÀS 9:46 📎

ASSUNTO: RE: TRAQUINAGENS NA BIG APPLE

EIS nossa próxima parada, o lugar mais cheiroso com que meu nariz já se deparou, a famosa Levain Bakery. Acabei de adquirir um cookie de gotas de chocolate amargo (que, de acordo com minhas extensas pesquisas, é o sabor mais recomendado). Também adquiri um cookie de gotas de chocolate amargo com manteiga de amendoim, por motivos de Bram. Agora vou tirar uma foto do cookie de gotas de chocolate amargo (vide anexo), e logo em seguida lhes descreverei o sabor.

E... tenho o prazer de informar-lhes que minhas pesquisas estavam corretíssimas. Amigos, isso é uma maravilha nível Oreo.

DE: LEAHNABATERIA@GMAIL.COM

PARA: SIMONIRVINSPIER@GMAIL.COM, DOCE_DE_MENINO@GMAIL.COM, ABBYSUSO710@GMAIL.COM, BRAM.L.GREENFELD@GMAIL.COM, NICKEISNER_REAL@GMAIL.COM, TEMETTERNICH.HARVARD@GMAIL.COM

DATA: 11 DE MARÇO ÀS 10:19

ASSUNTO: RE: TRAQUINAGENS NA BIG APPLE

E com "extensas pesquisas" você quer dizer que viu o nome desse lugar num livro com jovens lindinhos se apaixonando, certo?

DE: SIMONIRVINSPIER@GMAIL.COM

PARA: DOCE_DE_MENINO@GMAIL.COM, LEAHNABATERIA@GMAIL.COM,

ABBYSUSO710@GMAIL.COM, BRAM.L.GREENFELD@GMAIL.COM,

NICKEISNER_REAL@GMAIL.COM, TEMETTERNICH.HARVARD@GMAIL.COM

DATA: 11 DE MARÇO ÀS 10:22

ASSUNTO: RE: TRAQUINAGENS NA BIG APPLE

Era um livro bem longo com jovens lindinhos se apaixonando.

DE: TEMETTERNICH.HARVARD@GMAIL.COM

PARA: SIMONIRVINSPIER@GMAIL.COM, DOCE_DE_MENINO@GMAIL.COM,

LEAHNABATERIA@GMAIL.COM, ABBYSUSO710@GMAIL.COM,

BRAM.L.GREENFELD@GMAIL.COM, NICKEISNER_REAL@GMAIL.COM

DATA: 11 DE MARÇO ÀS 10:28

ASSUNTO: RE: TRAQUINAGENS NA BIG APPLE

Simon, estou adorando essa série!! A Catedral de São João, o Divino é tão linda, não é? Acho que é uma das minhas cinco catedrais preferidas em todo o mundo, e com certeza minha preferida nos Estados Unidos. Se tiver a oportunidade, você deveria conhecer le Mont-Saint-Michel, en Normandie, mas também posso te dar outras recomendações.

E esse cookie parece uma delícia. ☺ Ah, se eu ainda tivesse o metabolismo da época da escola...

Taylor Eline Metternich
Universidade Harvard
Oradora da Creekwood High School

DE: LEAHNABATERIA@GMAIL.COM

PARA: ABBYSUSO710@GMAIL.COM

DATA: 11 DE MARÇO ÀS 10:32

ASSUNTO: RE: TRAQUINAGENS NA BIG APPLE

PQP. Me diz que ela não acabou de falar em metabolismo...

DE: SIMONIRVINSPIER@GMAIL.COM

PARA: TEMETTERNICH.HARVARD@GMAIL.COM,

DOCE_DE_MENINO@GMAIL.COM, LEAHNABATERIA@GMAIL.COM,

ABBYSUSO710@GMAIL.COM, BRAM.L.GREENFELD@GMAIL.COM,

NICKEISNER_REAL@GMAIL.COM

DATA: 11 DE MARÇO ÀS 11:49 ⊜

ASSUNTO: RE: TRAQUINAGENS NA BIG APPLE

Obrigado, Taylor, e sem dúvida levarei sua dica em consideração se um dia estiver em busca de uma catedral na França, e não a uma caminhada de seis minutos do dormitório do meu namorado universitário.

Eis aqui (em anexo) o Lyric Theatre, lar de *Harry Potter e a criança amaldiçoada*, que infelizmente só poderei prestigiar do lado de fora nesta viagem. Mas não há dúvidas de que o Spier da Cidade Grande voltará um dia!!

(Observação: posso falar que tô AMANDO DEMAIS? Acho que eu nunca tinha andado assim por Nova York e, sério, é uma cidade tão bacana?? Cinco estrelas.)

DE: NICKEISNER_REAL@GMAIL.COM

PARA: SIMONIRVINSPIER@GMAIL.COM, TEMETTERNICH.HARVARD@
GMAIL.COM, DOCE_DE_MENINO@GMAIL.COM,
LEAHNABATERIA@GMAIL.COM, ABBYSUSO710@GMAIL.COM,
BRAM.L.GREENFELD@GMAIL.COM

DATA: 11 DE MARÇO ÀS 11:56

ASSUNTO: RE: TRAQUINAGENS NA BIG APPLE

Cinco estrelas na avaliação do Simon Spier?? Acho que eu preciso ficar de olho nessa cidadezinha desconhecida...

DE: DOCE_DE_MENINO@GMAIL.COM

PARA: NICKEISNER_REAL@GMAIL.COM, LEAHNABATERIA@GMAIL.COM,
SIMONIRVINSPIER@GMAIL.COM, ABBYSUSO710@GMAIL.COM,
BRAM.L.GREENFELD@GMAIL.COM, TEMETTERNICH.HARVARD@GMAIL.COM

DATA: 11 DE MARÇO ÀS 13:51

ASSUNTO: RE: TRAQUINAGENS NA BIG APPLE

E agora você vai deixar a gente passando vontade, Spier da Cidade Grande?? Qual é a próxima parada do nosso tour?

Enviado do iPhone do G-money

DE: SIMONIRVINSPIER@GMAIL.COM

PARA: DOCE_DE_MENINO@GMAIL.COM, TEMETTERNICH.HARVARD@
GMAIL.COM, LEAHNABATERIA@GMAIL.COM, ABBYSUSO710@GMAIL.COM,

BRAM.L.GREENFELD@GMAIL.COM, NICKEISNER_REAL@GMAIL.COM

DATA: 11 DE MARÇO ÀS 14:05

ASSUNTO: RE: TRAQUINAGENS NA BIG APPLE

Ops. Só estou vendo umas coisas no Greenwich Village. Olha, é o Washington Square Park!!!

DE: LEAHNABATERIA@GMAIL.COM

PARA: ABBYSUSO710@GMAIL.COM

DATA: 11 DE MARÇO ÀS 14:07

ASSUNTO: RE: TRAQUINAGENS NA BIG APPLE

Washington Square Park. Interessante, hein?

DE: ABBYSUSO710@GMAIL.COM

PARA: LEAHNABATERIA@GMAIL.COM

DATA: 11 DE MARÇO ÀS 14:09

ASSUNTO: RE: TRAQUINAGENS NA BIG APPLE

É mesmo.

Outra coisa interessante: estarmos aqui nos falando por e-mail quando estamos literalmente sentadas juntas num balanço na varanda. Será que deveríamos ocupar nossas mãos de outra forma?

DE: HOURTOHOUR.NOTETONOTE@GMAIL.COM
PARA: BLUEGREEN181@GMAIL.COM
DATA: 24 DE MARÇO ÀS 18:12
ASSUNTO: AFF

Acabei de chegar ao dormitório, então acho que você já deve estar em algum lugar de Nova Jersey. Como é essa parte mesmo? Ah, sim, agora eu fico olhando para a tela do meu notebook e tento espremer a última gota de otimismo. E... foi tudo muito bom. Passamos dezesseis dias juntos, e é óbvio que foram maravilhosos. Ahn...

Não sei, Bram. É que estou tão cansado de me sentir mal toda vez que me despeço de você. Por que estamos fazendo isso mesmo, será que você pode me lembrar? Sem você o meu quarto fica tão silencioso que chega a ser chocante. Não que alguém tivesse reclamado do barulho quando você estava aqui nem nada do tipo. Meu quarto não está mais silencioso que antes. Talvez seja só uma sensação de silêncio dentro da minha cabeça. Estou quase torcendo para o Kellan voltar logo para me atazanar. Mandei uma mensagem avisando que a área estava limpa assim que nós saímos para a estação de trem, mas acho que ele ainda está no quarto do Grover. E por que ele sairia de lá, né? Se você morasse no mesmo prédio que eu, acho que eu nunca mais sairia na rua.

Eu estou muito cansado de viver assim. Pra você está funcionando?

DE: BLUEGREEN181@GMAIL.COM
PARA: HOURTOHOUR.NOTETONOTE@GMAIL.COM
DATA: 24 DE MARÇO ÀS 18:15
ASSUNTO: RE: AFF

Não. Não está funcionando.

DE: SIMONIRVINSPIER@GMAIL.COM
PARA: LEAHNABATERIA@GMAIL.COM
DATA: 31 DE MARÇO ÀS 21:14
ASSUNTO: RE: MISSÃO SECRETA

Leah,

   Eu sei que este e-mail está três meses atrasado. Mais de três meses. Não tenho uma boa desculpa para te dar. Eu pisei na bola. E acho que pisei na bola de propósito. Mas a sua sinceridade foi um presente tão incrível, e eu aceitei o presente sem nunca te dar sinceridade em troca. Desculpa por isso. E sou muito grato pelas perguntas que você me fez.
   Vou tentar responder a cada uma delas, tá?
   Eu quero transar com o Bram por setenta anos. Eu quero trocar fraldas. Não gosto nem de pensar em impostos e plano de saúde, mas se for NECESSÁRIO, Leah, tudo bem. Eu quero fazer essas coisas com o Bram. Tenho cer-

teza de que ele é a pessoa com quem eu quero passar o resto da vida.

E eu sei disso hoje.

Mas acho que não quero que *aconteça* hoje.

O que não quer dizer, no entanto, que eu *não quero* que aconteça. E se ele me pedisse em casamento amanhã? Eu diria sim. Sem pensar duas vezes. Tá, talvez *amanhã* eu pensasse duas vezes (minha deusa interior não confia em NINGUÉM no dia 1º de abril. Jamais).

Leah, eu não faço a mínima ideia de por que falei para o Luke que era um pedido de casamento. E não lembro o que senti quando disse essas palavras. Dizer isso em voz alta não foi nenhuma revelação para mim. Eu já sentia isso em voz alta. Eu sempre senti isso em voz alta.

Espero que o que eu estou escrevendo faça sentido (talvez não faça). Mas eu quero que você saiba quanto seu e-mail me ajudou a fazer uma coisa que eu precisava fazer (uma coisa assustadora e empolgante e extremamente inevitável).

Você é preciosa demais, sabia, Leah Burke?

Com amor,
Simon

DE: HOURTOHOUR.NOTETONOTE@GMAIL.COM
PARA: BLUEGREEN181@GMAIL.COM
DATA: 31 DE MARÇO ÀS 23:17
ASSUNTO: DEVO GOSTAR MESMO DE VOCÊ.

Querido Blue,

Eu preciso te contar um negócio. E estou muito nervoso, por isso vou falar por e-mail. Não quero te pressionar nem me esquecer de algum detalhe, e a última coisa que eu quero é deixar um climão entre a gente. Acho que isso vai ser meio impossível, mas vou tentar mesmo assim. INICIANDO: OPERAÇÃO SIMON SPIER DE NÃO CAUSAR CLIMÃO. (Já comecei bem.)

Eu fiz uma coisa. E meio que tenho me dedicado a ela há alguns meses. Mas tive muitas dúvidas se era a coisa certa a fazer, ou se VOCÊ acharia que é a coisa certa. E talvez nem aconteça, no fim das contas. Agora já não depende mais de mim.

Bram, eu me candidatei para o programa de transferência universitária do ano que vem. Para estudar na Universidade de Nova York. É isso. Me desculpa por não ter te contado antes, mas eu não sabia se ia mesmo tentar. Não sabia mesmo. Olha, eu não queria que você se sentisse mal ou culpado, muito menos dar a entender que você deveria tentar transferência para uma universidade da Filadélfia. Então é isso. Eu quis tentar e deixar o universo decidir, e ver no que dá. Pelo jeito, vou descobrir em maio.

Tá, mas a primeira coisa que você precisa saber é a seguinte: se eu for aceito, nós vamos tomar essa decisão juntos. Eu não quero te sufocar (eu sei que Nova York é gigante, haha, mas você entendeu).

Sei que seria uma mudança enorme para a gente, e talvez grande demais. Sei lá. Mas nada está definido ainda.

E também quero que você saiba que eu não vejo isso de forma alguma como um sacrifício. Porque eu não estaria abrindo mão de nada. Só um ano foi escrito, e parcialmente. Todo o resto está em aberto. É muito bizarro, B., porque agora nem sei mais onde vou me formar. Mas esse é meu primeiro ano, sabe? E acho que era para ser aqui mesmo. Na minha faculdade nerd pequenininha na Filadélfia, com meu colega de quarto esquisito que um dia vai estar no nosso casamento, pode se preparar. Bram, mal dá para acreditar, mas eu me apaixonei por esse lugar no minuto em que eu decidi que ia pedir transferência. Sei que é um absurdo completo, mas é que agora tudo parece tão precioso. Como se esse não fosse mais um lugar que separa a gente. É só um lugar. E um lugar que vai continuar sendo meu, aconteça o que acontecer. Ele sempre vai estar dentro da minha boneca russa.

E talvez, no futuro, a Universidade de Nova York também esteja, sabe? Foi muito legal ir lá. Eu tirei um monte de selfies na frente do arco, para tentar ver como seria o Simon nova-iorquino (ele é muito parecido com o Simon normal, só que com uma espinha enorme na cara, caso você tenha ficado curioso). Lá é tão diferente da Haverford. Tipo, é diferente em todos os aspectos possíveis, tanto que eu nem consigo imaginar como seria morar ali. Talvez eu acabe passando três anos sentindo saudade da Haverford. Quem sabe? Mas pelo menos eu não teria que viver com saudade de você.

Então agora você sabe.

E, Bram, não precisa responder tão cedo. Só pensa na ideia, sem pressa, e quando você estiver pronto a gente pode conversar. E eu juro, B., eu juro que você pode me falar se não se sentir à vontade com essa ideia. A gente pode fingir que eu nunca me candidatei à transferência alguma. Nunca mais precisamos tocar nesse assunto, tá? Eu sei amar você daqui da Filadélfia. Pra mim é moleza. Consigo de olhos fechados.

Com amor,
Jacques

DE: BLUEGREEN181@GMAIL.COM

PARA: HOURTOHOUR.NOTETONOTE@GMAIL.COM

DATA: 31 DE MARÇO ÀS 23:20

ASSUNTO: RE: DEVO GOSTAR MESMO DE VOCÊ.

Apertando o pause. Salvando o jogo. Ligando para você agora.

Com amor,
Bram

AGRADECIMENTOS

EU PASSEI CINCO ANOS JURANDO que não ia escrever esta história, e cá estamos. Só posso dizer o seguinte: talvez seja uma coisa realmente boa, isso de nunca deixarmos de nos surpreender.

Esse projeto foi um caos, mas um caos dos bons, e sou muito grata a estas pessoas tão especiais que mergulharam de cabeça comigo:

Donna Bray, Holly Root, Mary Pender-Coplan, Anthea Townsend, Ebony LaDelle, Sabrina Abballe, Jacquelynn Burke, Tiara Kittrell, Shona McCarthy, Mark Rifkin, e minhas equipes na Balzer + Bray/HarperCollins, Root Literary, UTA e Penguin UK (e Alison Donalty, Jenna Stempel-Lobell e Chris Bilheimer, por mais uma capa perfeita). Não tenho palavras para agradecer. Vocês fizeram milagres editoriais acontecerem.

Isaac Klausner, Temple Hill e todas as pessoas envolvidas nos livros *Com amor, Simon* e na série *Love, Victor* — especialmente Isaac Aptaker e Elizabeth Berger, que mudaram a vida de Simon com um único e-mail.

Caroline Goldstein e Emily Townsend, pelos conhecimentos sobre a Haverford College.

Aisha Saeed e Olivia Horrox, que me viram encarando um arquivo do Word em muitos trens e aviões.

Adam Silvera, Nic Stone, Angie Thomas e Mackenzi Lee, que me deixaram pegar seus universos emprestados.

Jasmine Warga, David Arnold, Dahlia Adler, Jenn Dugan, Matthew Eppard, Katy-Lynn Cook e todas as outras pessoas que me mantiveram sã durante a dobradinha de ensino domiciliar e entrega do manuscrito.

Jaime Hensel, Sarah Beth Brown e Amy Austin, que provaram que os amigos de Creekwood nunca perdem o contato.

Minha família, especialmente Brian, Owen e Henry (é engraçado como as cartas de amor se escrevem sozinhas quando se trata de vocês).

The Trevor Project, por oferecer aos meus leitores um porto seguro em meio à tormenta.

E aos leitores que, depois de cinco anos ouvindo "não", ainda comemoraram o meu "sim".

intrinseca.com.br

@intrinseca

editoraintrinseca

@intrinseca

1ª edição	JULHO DE 2020
impressão	LIS GRÁFICA
papel de miolo	PÓLEN SOFT 80G/M²
papel de capa	CARTÃO SUPREMO ALTA ALVURA 250G/M²
tipografia	FAIRFIELD